走着走着，天晴了。

因此我猜你过得也还不错。

我可能没有主题曲，我只是一个调子。

想起我的时候，你能哼两句就行了。

我情愿自己是安静无声的，

可是我怎么才能说出来呢？

在一切措手不及的糟糕里，

你让事情有了转机。

人来人去，

都不过在酒局上红一次眼睛。

遗憾拼凑出巨大的投影，

得不到的我们都叫作偶像。

因为面对你，

所以我才舍得暴露另一个自己。

懂得谁是对的人，

才是爱情唯一的出路。

阿司匹林博物馆

赵越 著

Aspirin Museum

湖南文艺出版社 博集天卷 CS-BOOKY

阿 司 匹 林 博 物 馆

目录

Contents

1号展厅

靠近

3号展厅

镇痛药水

逃避

6号展厅

7号展厅

上瘾

反向时钟

10号展厅

13号展厅

情绪瓶子

1号展厅

靠近

很多人，
在恋爱，
却用记忆来取暖。

除了爱你这几年我什么也没做成

我朋友不多，却总能充当很多人的树洞，可能是因为总喜欢独来独往，所以我的处境总是让身边的人觉得安全，并放心地跟我讲一些他们自己的故事。虽然此后我跟他们提起，他们都忘记跟我讲过这段，甚至讶异我怎么会知道，每次当我说，这是你跟我讲的，他们才渐渐想起自己曾孤独无助如狗的时刻。

每个人都会有极其想要和人倾诉的时刻。
情绪兵临城下的时候，并不想再苦苦死守，沦陷反而轻松。

我收到过很多邮件，他们告诉我，大学四年，除了爱一个人，什么事情都没有干成。
我们喜欢看别人的故事，并且沦陷于此，却丝毫无法觉察到安慰，是因为在这些如狗的故事里，我们看到了自己。

又到了一个毕业季，收到了一封邮件，一个女孩告诉我，她和她的男朋友恋爱了整个大学时期，两个人不是同一个地方的人，却有共同的好友。分手了，她不甘心，理由是，辛苦调教了四年的人，不想让别人坐享其成；另外，她丧失了一大批朋友。发现原来有些友谊，是靠两个人的关系来维持的，分开了，有些关系也丧失了意义。

为了忘记一个人，放弃了一批朋友。

在爱里我们都自私，任再看得开的人，在失去爱情的时候，也总有看不见的伤感时刻。
就像我们搬家的时候扔了一个玩具，但是在被别人捡走的时候，我们想去要回来一样，甚至怀疑自己不该扔，当别人不还，就觉得这东西越看越好，自己也后悔扔掉了。

每个人，都带着故事，走进他人的故事里。

某天和朋友一起出门，打了一辆车经过金台夕照的时候，她突然回头，跟得了癔症一样拼命向后看，我说你干吗呢，回过头就见她泪流满面。我问她怎么了，她说她刚看见一个人，长得和他特别像，牵着另一个姑娘在过马路，跟当时他牵着自己一样，我说别难过了，他人在上海呢。

她说就是因为知道那个人不是他才难过，因为她以为自己不爱他了，可是如果真的看到他和别的女孩在一起的时候，她竟然如此嫉妒和难以释怀。

我们很难想象遇见前任时的情景，有的人会说，那就大方地打个招呼，有的人会说，会当作不认识一样走过，有的人说甚至来不及去打一个招呼，因为大脑需要接受新的事实。

曾听过一对情侣的故事。

他们大学四年都在一起，后来女孩出了国，再后来她和另一个男孩在一起了。回国的时候，她说想见见他，毕竟大学四年，除了和他在一起，什么事情也没做成，他说好。哥们儿怂恿他拿上避孕套，做不成朋友也要做些爱做的事，结果在见面的时候，他看到了女孩胳膊上和他的情侣文身被洗掉了，留了一块疤。他问她，是你男朋友让你洗掉的吗？她说对，他问她疼吗，她说疼。他就什么都不想再做了。

他俩在24小时营业的酒馆里，聊了一晚上，像在弥补一个因为毕业匆匆没有好好道别的正式分手仪式，又像是一个快死掉的人在脑子里放电影一样放两人的过往。男孩喝了很多酒，第二天醒来，女孩已经走了，面前放着一本记录了他们大学四年的相册，最后一页写着：相濡以沫，不如相忘于江湖。

我们总有几年或者某一个时刻爱过一个人，也曾会问对方，会不会永远爱我。
当下互相拥有，就以为能互相搀扶走过接下来的路，只希望，无论是否永远，那个人都在眼前，在伸手可及的地方。

有些人会觉得，在正青春的这几年，毫无保留地爱过一个人，耽误了很多事情，拒绝了很多诱惑。

要我说，这几年，于很多人来讲，也并不是一事无成，
能去爱一个人，体会到某一刻想要承诺一辈子的快乐，
那也算做成了一件事。

想想曾将线穿过针鼻都不耐烦，
做数学题算一半就扔掉的自己，
竟也认认真真地爱过一个人几年，
青春于我们，也算无悔。

晚安，你和世界。

歌曲：The Flying Pickets《Only You》

单身的时候想恋爱，
恋爱的时候想在单
身的草坪上喘喘气。

我得了恋爱单身症

最近看了一集综艺节目，内容是讲异地恋要不要对外宣称我是可被追求的。

其实更多的人是无法接受在爱情里，双方在异地恋的时候可以被其他人追求，人类的占有欲告诉我们，要么在一起相互祸害，要么就一刀两断。

但是爱情之所以为爱情，它并不是那么理智的。

爱情里也存在灰色地带，就像夹着果酱的吐司，我们可能更爱吃边缘有面包又有果酱的地方，因为不腻，甜度刚好。如果再往里咬一口，就甜得想扔掉，但是又不舍得。爱情就像夹着果酱的面包，过甜的地方，就是暧昧的灰色地带。

单身的时候想恋爱，恋爱的时候想在单身的草坪上喘喘气。
我看过身边太多的异地恋的男孩女孩，他们至少有一方，完全深爱对方，即使对方再怎么对其冷淡也好，没有温暖也好，都会安慰自己说，“他（她）性格就这样”“他（她）其实也爱我，只是不爱表现”。

但是在安慰完自己之后，也会像被泼了一盆冷水的猫，狠狠地挣脱对方的手，偷偷地去一个不被人察觉的角落里，把身上的每一滴水都舔舐干净，然后出现在对方面前的，仍然是一个骄傲的形象。

我们都爱为对方开脱，来证明对方对自己的爱，写着结果的纸团在对方手里，我们却用揣测来安自己的心。

单身并不孤独，毕竟我们的人生还没有贫瘠到只剩下恋爱。

我们总哼着歌，爱对了人，情人节每天都过。
我们却没有看看，如果爱错了人，岂不是天天单身？
我们拒绝了更好的人踏进自己生活的圈子，只是因为我们有男／女朋友，即使已经半死不活，也总以为一口人参能续一口命地这样过着。

每个小区门口，贴着小广告的楼下，都会有过一对吵架的情侣。
昏黄的灯光，让对方显得更加忽明忽暗，争吵、拥抱、和好、离开，对有些情侣来说，在一起反而孤独。很多人，都得了恋爱单身症。

明明是在谈恋爱，却感觉自己和单身好像并没有什么区别。
觉得单身更好，有你也可以，没你也行。因为对方的表现令自己反复失望，但是想想都在一起这么久了，又不愿意和一个新的人去重新交代一遍自己的一切，索性就这么拖着，念念对方对自己好的时刻，一分钟的暖意可抵得过整个寒冬。一分钟过了，冷暖自知。

很多人，在恋爱，却在用记忆来取暖。
自己划一根火柴，看见了两个人的美好。

时间冲淡了激情，我靠你爱上我时的那个笑容去努力拼搏。

工作的格子间里，异地的泡面锅里，
在爱情暧昧不清的灰色地带，
恋爱单身症正在蔓延。

晚安，你和世界。

歌曲：Eagles《Desperado》

这就是我小小的梦想：给你最简单的快乐。

我要带你玩遍世界上最幼稚的东西

一班地铁需要两分钟才能来，错过了还有下一班。
一班飞机候机需要提前三小时，延误半小时也可以等。
一场樱花季过去了，我们说好吧，既然这样，那就再等一年再去看。

一杯冰激凌融化的时间比渴望吃它的时间要快四分之三倍。
一场雨的时间不够放松一周的心情。
一件自己想要却暂时得不到的东西，心上总有一道坎儿。
一个想要追的人，只愿能和他一起玩遍世界上所有幼稚的东西。

一个梦想，再难，也总能念念不忘。
最浪漫的日子，总是埋头幻想在笑。

最浪漫的场景总会发生在能让快乐来得最简单的地方，
在这个恋爱只需要做却不用谈的年代，回归简单的童稚是最完美的梦想。

游乐园对我来说，是永远都去不烦的地方。

小时候去玩，只顾着开心，对一切认识都幼稚浅薄，
在记忆层面上只有照片告诉我们玩过的证据，自己根本记不住。

现在去和自己喜欢的人玩，只顾着看对方的样子，
阳光刚好，你棉花糖沾了一嘴，他揩去你嘴角的糖放在自己嘴里，说味道不如你。

不需要照片也能记得有多开心，因为和喜欢的人在一起，根本忘不了。

最浪漫的情话，我一直认为是，
当我开始喜欢你，就想带你玩遍世界上最幼稚的东西。

坐在旋转木马上，我们拿DV记录对方的蠢样子，
坐旋转飞椅之后，你眼泪都飙出来的傻样子，
拿到气球之后，你坚持要再去吃一个甜筒，拿到甜筒的样子像个乖孩子。

而我，就是要带你玩遍这些能让你快乐的东西，
这就是我小小的梦想：给你最简单的快乐。

晚安，你和世界。

歌曲：Adele《Make You Feel My Love》

哭过就好了，
别总把自己的惨挂
在嘴上。

多和正能量的人交朋友

不可否认，每个人都有充满负能量的时候。

我负能量的时候甚至感觉自己都能蹿天。
生而为人啊，不抱歉，七情六欲，都是人之常情。

所有的能量都是平衡的，没有人能时时开心，也不会时时不开心。
但是我很欣赏能有一个好心态的人。

有时候看大家发给我的邮件，能看得出一个人对待一件事的态度。
有一种人是自己错了不自知，觉得所有好事都应该围着他转，很难替别人着想，事事都争着抢着，那活该自己不开心。
还有一种人是自己已经很苦了，但是还特别乐观，事已至此，能够怎样？无法选择命运，但是可以选择怎么去面对。
还有一种人就是很有钱，但是很焦虑，不知道该怎么去好好利用，每天惶恐。
还有一种人是没钱，虽然焦虑，上顿不接下顿，但是很乐观，这些心情，在字里行间就能看得出来。

那天看到一则新闻，京剧大师梅葆玖去世了，享年82岁。
不禁感慨，人都有老的一天，能够活着，是一种荣幸。
生活赐给我们的各种感受，是我们能够像品尝食物一样去评论和选择的。

以前工作的时候认识一个比我大一岁的女孩，她野心勃勃，一定要创业，一定要让业内都知道她，一定要出名，但是也总见她抽烟抽得很凶。
她问我，如果有钱了，你会怎么过?
我说我可能会出去旅旅游，或者带家人出去玩玩吧，然后每天让自己舒服一些就很好了，不想太忙太累。我问她，你呢？她说，我要成为一个女老板，出名，养团队。

每个人都有自己不同的过法，有矫情的，有舒服的，有辛苦的，其实让一个渴望成功的忙碌的人停下来是不可能的，这是骨子里带着的性格。

我妈总跟我说，多和正能量的人交朋友。
以前不觉得，现在觉得特别重要。

我没有遇到过这样的朋友，但是我的朋友却遇到过，有一次朋友跟我说，她有一个好朋友，对她也挺好，就是十足的负能量患者。什么事到她那儿就特别悲观，长期和她在一起，觉得天都没晴过。

这样确实没办法，只能说试试看自己能不能慢慢去同化她，让她开心一些，但是应该会很难。

多和正能量的人交朋友，是很重要的事情。
可以哭，但是哭过就好了，别总把自己的惨挂在嘴上，因为有人比你更惨。
我们不知道明天会是什么样子，是不是还不如今天，那何必今天不开心呢？说不定明天比今天更难。活在今天，就没有过不去的坎儿，生活的每一天，都是任务和挑战，困难总能被解决的。

就像我们都不爱看凄凄惨惨的视频，抵触选秀节目上才艺表演之后就开始哭着说自己多惨多惨现在终于站上这个舞台一样，所有的悲伤都能被人为放大，但是谁在乎你那点挫折呢？人家自己的挫折都还没解决呢。所以大家也都爱看一些搞笑博主分享的东西，哈哈大笑过后才是生活，轻松一刻才是很多人想要的。

多和正能量的人交朋友，活得开心一点。

最好也让自己成为别人心中充满正能量的朋友。

晚安，你和世界。

歌曲：Holly Dolly《Don't Worry Be Happy》

虽然在谈恋爱，但是好像和单身没什么区别。

我爱你，请不要欺负我

还记得文末推荐的这首歌吗？好像一下子暴露了年龄。
如果你看过韩剧《豪杰春香》，那么你一定对这支歌不陌生。

我很喜欢在长大之后再回头去看老电影或者老的剧，
画质和曾经的自己一样幼稚，充满幻想。

曾在微博上看到一个话题：拥有一个不黏你的女朋友是什么感觉？
我觉得，你百分之百会失去她。

有个男孩留言说，我女朋友很听话，我打游戏的时候她从来不打扰我，自己默默回家，或者自己默默睡去。我和女性朋友出去玩，她也不管。哥们儿来家里吃饭，她也微笑着忙里忙外。直到有一天，我们分了手，我回头想想，我从没有让她哭过，但是也从来没有让她真正开心过。

我曾经也有过被扔在王府井然后一个人哭着回家的时候，因为影响对方打游戏，逛街的一路对方都在发脾气；也曾有过自己走夜路差点被抢包的危险情况；也有过和对方在跨洋视频的时候看着对面的天花板听对方打游戏的时刻。
这造成我之后的大多数时间，都是和朋友一起或者自己吃饭，时间久了，也就分了手。

其实很多人有时候都会有这样的想法：
我虽然在谈恋爱，但是好像和单身没什么区别啊。

当别人问你，嘿，你有男（女）朋友吗？
很多人都不知道该怎么回答。
其实是有的，但是好像这个人并没真正关心自己过的生活。

但是很多人并不太忍心分手，因为很多人都太善良。
他们想着，毕竟曾经爱过，他（她）曾经也对自己挺好的，这样对比了一下，彼此共同有过的某些感动瞬间，对自己好的画面，温柔的恋爱时刻，全部都盖过了那些对方对自己不好的大多数时刻，甚至在对方对自己并不上心的时候，还会拿旧的记忆当作致幻剂，来产生美好的幻觉。

有的时候，发脾气，合理的吃醋和争吵，那些小小的因为你的一些举动而有的不开心，其实都是在乎你的瞬间。
女人具有猫性，男人具有犬性。
女人黏腻，男人殷勤。

但是爱对方的共同动作都是去亲近你，去黏你。
如果一个人丧失了想要去黏你的冲动，那真的就离分手不远了。

如果选择和对方在一起了，
不要抱着反正已经有了密切的身体接触或者在一起时间久了就吃定对方了的想法，而对对方越来越肆意冷淡。

每个人都需要温暖，
既然在一起了就好好地去经营，
不然别祸害那些对你好的人，
不要因为他们爱你，就去欺负他们。

等失去再珍惜就晚了。
或许失去他们的时候你流的眼泪，是他们因为你的不关心而流眼泪的总和。

迟早都是要还的。

晚安，你和世界。

歌曲：Bud《Bud》

能赢的牌
才叫好牌，就像合
适的人。

你是一副好牌，可我总打不赢

这里要讲讲我看我姥姥、姥爷打牌的一些感想。

曾有个新闻很火，是讲人机大战，人类一直在输，直到人类找到了机器的漏洞，刚刚扳回来一局。

我在想啊，人类发明了机器，却很难战胜它。
这反而是因为我们太聪明了啊。

爱情里也是因为我们太聪明，
所以一直在把未来的别人的老公、老婆调教得那么好。
自己尽心尽力，一无所有。

聊回我看我姥姥打牌。
本来是很好的一副牌，两个大王全在姥姥手里，好牌很多，但是最后却输给爷爷一串顺子。我姥姥说那要不咱们再撤回，再来一次，不可能的，我那么好的牌，怎么可能输啊？结果不管怎么撤回，姥姥那副好牌都赢不了。

姥姥把牌一扔说，算了，不玩了。

有个朋友新交了一个男朋友，看得出她全身心都投入了进去，以前很少见她这样用心。
她说有的时候，这个男孩并不是什么都好，她以前也遇见过什么都很合适的男孩，但是总是觉得不合适，牌再好也没用，打不赢的，对方咄咄逼人，硬拗一股窝囊气，然而新交的这个有优点有缺点，反而倒显得可爱。

有的时候在爱情里，对方看着怎么都好，明明是一副好牌，可是不论怎么打，都发现打不赢。男女之间总要找到合适的相处方式，才能相互配合，好好地把爱情的局赢得漂亮。

并非谁赢谁，而是你们是组合拳，有无懈可击的默契。

人不可能时时摸到好牌的。
能赢的牌才叫好牌，就像合适的人。

有的人看似处处都好，结果很难收场。
弃牌并不是什么丢脸的事。
不丢牌怎么摸到好牌？

找另一半就像赌博，见好就收，不好弃追，否则小心把自己一辈子都赔进去喔。

每天都有新的问题，你觉得现在很惨了，
宝贝相信我，明天会更惨的，所以今天开心点。

在充满负能量的时候看看负能量的段子，负负得正，就能稍微开心点了。

人生不就是苦笑着安慰自己吗？
能让你不开心的东西，大抵只有爱和钱吧。

晚安，你和世界。

歌曲：Mac Demarco《Another One》

不知道名字，咒语自动解除，而我对你一无所知。

你的名字是最短的咒语

看过一部青春片，片名叫《王家欣》。

是讲一个男孩在买东西的时候对一个女孩一见钟情，女孩辞职之后他去寻找女孩，却认识了很多王家欣，一个不是王家欣但是叫王家欣的女孩一直陪在他身边。

我在查询名字的网站，查过全国一共有多少和我同名的，结果显示有八万多人。

我想我的名字应该是一个烂大街的名字，但是对于特定的人，我却是对方心中独一无二的人。
对于特定的人，名字也不过是一个代号，一个可以呼唤的念想。

有一次跟朋友聊天，聊到名字这个话题，他跟我讲了梦枕貘《阴阳师》里的一句:“名字是最短的咒语。”如果一块木头一块铁，给你，你知道它们能组合起来砍树，但你不知道这个东西的名字的时候，你就不能操控它，直到你知道它叫斧子，你就可以操控它了。

有的时候在街头或者和朋友聚会时会听到一些记忆中的名字，假使和我曾经认识的人重名，就会一下子使我的精神聚焦，甚至脑海里突然浮现出那些许久不见的日子。很多时候，名字对一个人来说，像一句咒语，念出来，就像掌控了对方，甚至换一个角度来说，你仅仅想将它念出来，你也仿佛被对方所控制。或者，你会毫不言语，但是个中回忆只有自己知道，好的坏的，甜蜜的伤心的，那些零星的片段，一点一点凑齐一个人的全部，就只因为，你听到了这个名字。

如果某一天，你为一个人下了定义，可能是某种情愫，某个声音，某种气味。你定义这些片段，是爱情或是友情，你定义这些片段，是喜欢或是讨厌。看似我们掌握了对方的一部分，然而，因为这些特殊的定义，我们将会一直被对方囚禁，直到多年，你听到这些和对方的关联，能够解除你同其的关联，或许你才能够解除魔咒。

你的名字是最短的咒语。

我有个朋友，我见过她在高中的时候，将一个人的名字，写很多遍，排列成一个心形。这种幼稚的做法让人觉得莫名温暖。之后她上了大学，她心里的名字，操控她的对象，也已经换了人。一个人的名字就是一个封锁圈，当一整颗心被名字占据，我们会感觉满满当当的，因为那是咒语，对方出现在我们生活里，对我们的生活施咒。在一起的时候那就是唯一,万一名字的主人在你心上戳了一个洞，慢慢愈合，也需要好长的时间。

看过一部电影，叫《巴黎最后的探戈》。
那时候我一个人独自坐车，安静地看完了这整部故事。

电影讲一个女孩与一个男人，认识的时候是孤独的陌生人，两人只有身体上的交流。女孩渴望知道男人的名字，男人不让她知道，男人也不去追问女孩的名字和故事。时间久了，除了肉体，女孩对男人毫无了解，也渐渐失去了了解的欲望，但是男人却爱上了这个女孩，渴望知道关于这个女孩的一切，想知道她的名字，女孩却感到恐惧，两人角色互换，在巴黎的街道，男人追逐她，纠缠她，甚至成为一个疯子，她最后在公寓里枪杀了男人，警察问她你知道他叫什么吗，她说，我不了解他，也并不知道他叫什么名字。

不知道名字，咒语自动解除，而我对你一无所知。

当然这更像是一种行为艺术，我们的生活中很难发生这样的故事，但是名字，的确也是桎梏人类回忆的一句招呼词。

或许你在街边吃个小吃听到了一首歌，就能吃出泪来；或许你在霓虹闪烁的招牌上，也能拼出你想见的人的姓名；或许你和某人擦身而过，闻到了对方衣服上洗衣液的味道，会误以为他是你记忆里的那个人；或许你吃到熟悉的家常菜，也能想起曾经老家夏天的中午，放学回来的自己，爷爷摘下你的书包，端上来的那盘菜，后来再也吃不到。太多的定义了，很难忘掉这些带着有你记忆独特烙印的标签，即使这些人已经永远消失在你的生活里，多年以后，你只剩下这些记忆的切片同你的通感做伴。

但是你的名字仍然是最短的咒语。
在不同的地方念出来，都能左右我的心情。
我们定义的亲情、友情、爱情，即便随日子淡了，也挥之不去。

我以为我会无坚不摧，
谁知在听见你的名字的时候，
眼泪仍溃不成军。

晚安，你和世界。

歌曲：Julie London《I'm in the Mood for Love》

见你第一眼，就有
仿佛我们已认识了
很久了的感觉。

谁喜欢孤独呢？只是害怕失望罢了

看综艺节目，当看到很多人开始弱智表演时，我总会忍不住关掉视频，如果是在现场，就会尴尬到起鸡皮疙瘩。
这种感受与我在和一个走不近的人谈心一样扯淡，
也像和初次见面的人没有话题可以聊所以尴尬地去凑话题一样。

于是我发现，很多令人尴尬的来源是一种自我的过度表现。
太急于求成的时候，太想让别人认可自己的时候，或者太想让周围人觉得自己的存在很惊艳的时候，才会过分表现自己，反而会显得黔驴技穷。

想想自己，有的时候也有这样令人尴尬的时刻。
以至于当自己回想的时候，都想自行删除记忆。

人与人之间有的时候也很奇怪，
让人不得不相信有磁场这种东西。

有的人会让我感觉和对方天生合得来，
有的人相处再久，你通过与其交心的方式来拉近距离，
也会觉得可能还是并非一路，
即使在一起，也觉得尴尬。

很多时候，我们经常挂在嘴边的那句话，我觉得很正确，
——好朋友之间，或是有默契的人之间，不需要多说什么，
也不会觉得气氛尴尬。

我之前认识过很多热络过一阵子，
然后就消失在我的生活中的人。
不乏在热络的时候以为对方会成为自己一辈子好朋友的人。
结果，都在一次次尴尬的氛围里而丧失了继续下去的可能。

极其容易对人掏心掏肺，以为对方会成为自己的朋友，
结果也只沦为尴尬的通讯录幽灵，
只会在节日里送上一句群发的祝福，
或者说一句，改天再见啊。

甚至有的时候，不再愿意去和不熟悉的人见面。

导致朋友只有特定的那几个，性格也越来越孤僻。

谁喜欢孤独呢？以至于一次次地满怀热情。
只不过是害怕失望罢了。

而有的人不一样。
不论是朋友关系，还是情侣关系，
合拍的人，会自觉已认识对方很久。

哪是初遇呢？更像是重逢啊。
那些一眼万年的人，是有着千丝万缕的联系的。
这些我们只能用感觉来解释，剩下的就只能交给科学家们研究了。

可是人与人之间的缘分，
又怎是可以用数字去计量的呢？

见你第一眼，就有仿佛我们已认识了很久的感觉。
那或许，就是这样呢？
拐弯抹角，也会遇见。

经历过失败的、冷酷的、让你失落到以知足为借口的爱情后，
当遇见一个让你拿他（她）没招的人，
也算是能治住你了。

我们才认识几个月而已啊，
怎么就感觉像认识几年了呢。

带着这样的疑问思考着答案，
想着想着就笑了。

晚安，你和世界。

歌曲：Chad Fischer《Alone Again》

你的平安到达，就是我仍能拥有你的最大福分。

你过得好，是我一生所愿

我有的时候是个特别有执念的人。

我有一些小迷信，比如我根本不能踩井盖，只要是一踩井盖，那就必须要在路边找树敲三下。其实只要是能敲三下木头，我就感觉自己又能一生平安了。还有就是别人或者自己说了不吉利的话，就一定要边敲木头边嘴里“呸”三下，再说句吉利话冲一冲。

我是一个特别爱说吉利话的人，就像在进行一种积极的心理暗示一样。经常将自己的生活往好的方向说，那么生活真的就会朝着好的方向发展。

就像常常暗示自己很美，那么久而久之，就会变得非常有自信一样。就像快过年时，贴上窗花，听着亲戚家的鹩哥对着家人喊着恭喜发财，平安喜乐，心里就会觉得特别舒服。

每个人都有家，每个人也都爱听吉利话。
我希望句句吉利话都能说给我最爱的人听，因为自己不能常伴家人身边，他们的每一句平安，都是我心里最大的慰藉。

你过得好，是我一生所愿。

我记得我一个同学之前跟我聊天，她说她特别羡慕小姨和小姨夫的爱情。

我问她为什么，她说，姨夫特别爱小姨，并不是说非得多轰轰烈烈，特别张扬。她举了一个很小的例子，小姨由于工作原因，经常出差，每次上飞机之前，姨夫都会给小姨发：老婆一切都会平安顺利。等下了飞机之后，小姨就会给姨夫回一个：一切平安。

这就足矣。
你的平安到达，就是我仍能拥有你的最大福分。

生活里充斥的这些吉利话，并不是非得多么波澜壮阔。
小小的叮嘱，在节日氛围下的一句新年快乐，希望你新的一年能比过去更快乐，希望你发财，工作顺利，学业有成，找个好对象……这样对想要听到这些愿望的人说这些话，是能说到他们心坎儿里的。

比如我高考之前，就喜欢听人对我说，一定会学业有成，顺利考上自己想去的学校；对于上年纪的人，他们就是爱听别人对他们说，身体健康，寿比南山；对单身的人来说，他们喜欢听，你今年桃花很旺，一定能找到一个不错的对象；对出远门的人来说，就喜欢听一句，一路平安。

这种积极的心理暗示，的确会让我们朝着那些吉利话去实现。
实现了之后，我们也都会相信是：借您吉言。

你对我来说是最重要的。
所以我总爱对你关心，对你有说不尽的好听的话。

我希望你工作能够顺顺利利，远离小人，这样你就会很快乐；
我希望我能够发大财，多多赚钱，这样我就能好好养你，让你减少压力；
我希望你能够平平安安，身体健健康康，这样我就能永远拥有你。

也希望我能说这样一句话给你听：
希望你新的一年能找到一个对你特别好的人，
这样能让你不再奔波，有岸可泊。
而这个人就是我。

晚安，你和世界。

歌曲：边远《I want to see you smile》

从此眼泪只为小情小爱而流，不为江河湖海。

嘿，我的洋葱男孩

陀思妥耶夫斯基，这个名字我在艺考的时候记了许多遍才记住。那时候看他的文字，只是记得，却还是处在不能感受到地狱存在的年纪，其实到现在也都不能感受到因为不能再爱而产生的痛苦。或许是因为刚好自己在爱里，而觉得置身天堂。

很多时候，很多人认为的爱情，必须要有撕心裂肺的瞬间，如果没有，仿佛就不叫爱，因为不够轰轰烈烈。但是我认为轰轰烈烈的爱情太“作”，两人在一起相视一笑，就这样毫无波澜地走着，就已经很好了。

地狱的火太热，总归不适合我。

我讨厌北京的春秋季节那么短，简直脱了羽绒服就能穿背心了。

极端的冷和热里，我还是选择前者。
比起炎炎夏日，我更爱目之所及白雪皑皑。

这或许因为我出生在夏季，带着十分的燥热来到人间。
而之于爱情，我却喜欢对方的温度是恰到好处的春秋，极端的冷热都不行。每个人对于爱情都有自己的喜好，有人喜欢秀恩爱，让每一段恋情都过于炽热。有的人喜欢悄无声息，横穿大街裹紧风衣，将自己所爱紧揣怀中，仅在指缝里细细把玩。

人是很奇怪的，有的人谈过很多次恋爱，却在遇见那个他的时候，突然萌生想要结婚的想法。也有人从来不爱秀恩爱，却在遇到那个他的时候，想要把为他拍过的照片，甩给所有人看。

以前不知道切洋葱会流泪，因为从未切过。
亲自切过之后，发现真的不能克制。
我们已经过了路遇爱情的年纪，不好好体会、走马观花，不再属于人生的这个季节。

有一次我下班走在路上，堵车的两个路口，行人行色匆匆。
前方一个女孩，提着高跟鞋光脚走下过街天桥。

她并不美，仿佛也不是很开心。
腋下夹着一个透明的文件袋，我猜可能是刚参加完一场面试。

继续向前走，过了拥挤的十字路口，到了姚家园路，天色绛蓝，像是蓝黑色的墨水晕开在水里，洒在天空甩在地上，夕阳刚好沉下，路灯影子弯折，我提着晚餐走过一座不太长的大桥，刚好灯火辉煌。

后来再也没见过这样的景象。

有些景象我们会反复遇见，而很多景象我们很难再遇见，或许是因为对方。他们让我们眼里不再有孤独，目之所及都是爱意。曾经的我们眼里总能看见孤独，孤独的景色因为有对方之后，而变得不一样。

我们的洋葱男孩击中了我们的眼睛，从此眼泪只为小情小爱而流，不为江河湖海。

一个洋葱男孩，操控了我们的眼睛。

从此眼泪再也不为孤独而流。

Onion man, shoot your eyes,

Crying. Crying. Crying.①

晚安，你和世界。

歌曲：Piers Faccini《The Taste Of Tears》

①大意为：洋葱男孩，射中你的眼睛，让你哭泣不止。

3号展厅

镇痛药水

爱情里不只需要爱情，爱情里包含了很多身份。

爱你，就是要成为你的兄弟

所有与你相关的陪伴，
都让我更像你的兄弟。

我要讲一讲记得很清楚也很有感触的事，因为在当时，我觉得我可能即使爱一个人也做不到如此，因而觉得有些爱情，可能因为友情、亲情等多种因素而显得更有滋味。

说的这件事，发生在我上大学的时候。
住我隔壁学表演的姑娘，除了早晨上早课，白天练形体，晚上还会专门拿出一定的时间和男朋友联机打魔兽，男朋友和她是同班同学。

那个女孩敢爱敢恨，她说如果我爱一个人，那就是要成为他最好的哥们儿。

我总去她们寝室玩，很多时候我进去总能看见她啃着黄瓜打魔兽的样子。她把暗夜精灵升满级之后，又练了一个兽人，这和她瘦小活泼的形象完全不一样，用她的话说，这个角色能帮到她男朋友。我不懂这些游戏，只觉得如果一个女孩，从牙缝里挤时间，只为了能和喜欢的人有共同语言，这点就足以说明她是真的动情了。

当时她男朋友跟她说过，咱俩也算是哥们儿了。跟别人，男孩也总是说，我女朋友，是我最好的兄弟，也是我最亲的家人。平日里他俩出双入对，两个人都特别好看而精致，现在毕业一年了，两人也在一起五年了，所有的事情都有了自然的默契。

模范情侣总是自带光环的。
比起很多人互相埋怨对方的不是，“成为他的兄弟”，好像是最好的陪伴。

我原来工作的地方，有个小个子的女孩，她和男朋友是高中的同学，一起考到了北京，毕业一起留在北京打拼。身高一米六的她，总能抢到男朋友传来的篮球。现在工作繁忙，可她每天晚上还是要和男朋友一起打打篮球。

而你们不知道的是，她曾经并不是一个擅长运动的人，反而很宅。为了能够找到和男朋友的共同爱好，她决定自己去制造爱好，不只是篮球，很多她本不会的球类，私下也慢慢地去学，然后告诉男朋友，下次打球，记得叫上我。

如果一个人的一天的时间可以分成几小块，
那么你会为自己喜欢的人留多少呢？

很难想象，一个人爱上另一个人的方式，并不是先看我们有没有共同语言，而是只要我爱你，这个必然条件一旦成立，其他的附加条件都会根据爱情而调整。
比如，我会为了你去尝试我从不曾涉及的爱好和领域；
比如，成为你的爱人，先成为你的兄弟。

成为最好的另一半，其实是需要很多的共同爱好的，而这些共同爱好、相同语言，完全都可以自己去发现去学习，甚至去生成一种共同语言。

一个人为另一个的付出，是成为对方离不开的玩伴。
真正让男生有保护欲的，反而不是哼哼唧唧任性的小姑娘。
真正让男生有保护欲的，可能是那些嘴上嘻嘻哈哈、大大咧咧的女生，她们什么都自己来，却精干得让人想要去帮她们。

爱情里不只需要爱情，爱情里包含了很多身份。
不只爱人那么简单。

晚安，你和世界。

歌曲：Toulouse《I Will Follow You》

爱情是深海里互相
呼唤的两头鲸的
心动。

你的声音是治愈我最好的频率

最近在看木心的《素履之往》，其中有一句话，非常简短却很让我触动。
木心对声音非常敏感，一到雨天，他会听雨声，雨声结束的时候，总觉得是有什么戛然而止了：

“雨后总像有谁离去了。”

这像是一种预告，很多声音带着自己特有的故事。
抑扬顿挫，一字一句的停顿和语气音调，总有这句话自己的意思。

“我会想你”，仅仅是这短短四个字，用不同的音调来讲，都有不同的意思。

如果用疑问语气讲，意思就是我怎么可能会想你呢，你是谁啊?!但是如果用陈述语气讲，就带着欲言又止和不想让对方离去的痛楚。

这是我喜欢中文的地方，感情的表达丰富，在一个发声的调子里就能有很多种情绪。
电话里你的一声颤抖，我就知道你哭了；你的一声鼻息，我就知道你笑了。

我在拥有猫咪之前，并不知道猫咪会打鼾。
甚至一开始以为它们是生病了。

最常见的对于猫打呼噜的解释，
是说猫在被主人抚摸的时候它自身感到愉悦且满足。
因此对猫奴们来说，每次猫咪的呼噜声都像是皇帝的恩赐。

然而有另一种研究表明，猫的呼噜声是其进行自愈和治愈他人的声音，它的呼噜有特殊频率，在我们和猫咪拥抱时猫咪所发出的声音，能够在一定程度上治愈主人。

的确，每次当我回到家之后，尽管一身疲惫，却有两个小宝贝在脚边蹭着我打呼噜，简直就是一剂放松针。它或许是在自愈，但是更能治愈我。

都说女孩像猫，敏感多疑，男孩像狗，顾家忍让。其实情侣之间最好的关系，也应该是这样的角色分配。狗总是能让着猫咪，我们才会觉得“回忆专用小马甲”家的妞妞和端午是那么有爱。

你的声音能够治愈我，
但是我爱你，也并不只是因为这个原因。

不久前，我的一个高中师哥结婚了。

在我感叹时光匆匆的时候，也发现自己的确也是到了谈婚论嫁的年纪。他是山东人，在上海上学，女朋友是一个宁波的姑娘。

我和他聊天，恭喜他有这么美的老婆，他之后发给我一个视频，是他们结婚的时候的一个小游戏：蒙上新郎的眼睛，声音很像的几个姑娘说同一句话，新郎确定后，要用拥抱来表示他认为哪一个是自己的老婆。

说实话，我觉得那几个姑娘声音都差不多。但是他听了一遍后就准确地找到了她。司仪问为什么的时候，他说有几个字的音调只有他老婆才会那么发。这句话让我格外感动。

每次看这种视频的时候我都会感觉特别受虐，不管这个世界有多少阴暗面，我也总会坚定不移地相信爱情。

爱情是深海里互相呼唤的两头鲸的心动，只有彼此才能在声音中感知对方的频率，也只有相同频率的人，才能明白。

爱人的声音这种东西，对我有无法抗拒的吸引力。
对方只对你使用的特有的音调，在你耳边的呢喃，对你低声的带有关怀的提醒，声音里的那些小情绪是需要细细品味的。

木心在《论拥抱》里写：

> 人体相互接触时／血液中含氧的血红素快速增加／血红素使肉身诸因子均衡持平／病者早康复健者更毋庸议／亲爱的／拥抱你／我紧紧拥抱你／绝不是／上述的原因。

其实对于声音也是一样。
在广播里听到一个人的热线来电，声音很像你，
甚至有多少次走在街上以为某人就是你，却拨不到最契合我的频率。

晚安，你和世界。

歌曲：Luigi Rubino《Voice in the Eyes》

伤害一个人
远比爱一个人
容易得多。

两人游戏里，我选错了角色

明知道你是一个令我伤心的人，
可是我怎么就那么甘心受虐呢？

我们总念叨着，如果想要一个女孩难过，首先要麻痹她的心。
当她的心不再为你跳动了，那么你就做到了。

在两人的游戏模式中，包含着成年人所有的试探，不过，也无非是那几种。首先和她产生暧昧关系，这些关系可以从文字语言开始，然后日子久了就会伴随一些小动作。

有些男性仿佛天生就懂得如何在女孩堆里展现自己的雄性魅力，就像交配季节草原上的狮子，总有一些小手段吸引众多的异性围绕在自己身旁。很多男孩说，我见过很多美女，身边也不缺女孩，他们可以和很多姑娘聊得来，就像《单身男女》里古天乐扮演的角色，是大多数单身男性的缩影。并不是所有的男人都像吴彦祖的那个角色一样，在单身的时候从始至终只把焦点和重心放在一个女孩身上。对很多男性而言，身边仅有的那份美色并不能够满足他单身备选的要求。

他们可以同时和很多女孩暧昧，但是心里明白哪一个最特别。

伤害一个人远比爱一个人容易得多，尤其是去伤害一个已经动情的傻姑娘。男人们选择的方式就是和你暧昧，暧昧是模糊的好感，而好感可以用在很多人身上。

我认识一个姑娘，长得挺漂亮的，也非常文艺，很有气质，是那种特别招男孩喜欢的类型。有一个男孩很喜欢她，这个男孩子长得帅气干净，个子高高的，穿衣显瘦脱衣有肉的那种类型，当然也有很多姑娘喜欢他，用他的话说是：我不缺姑娘。

所有暧昧关系里的开头第一句一般都是："你在干吗呢？"

男孩总是和女孩聊天，从每天琐碎的小事聊到睡前的最后一句晚安。男孩每天都跟女孩聊天，但是从某一天开始，男孩没信儿了，话说这欲擒故纵也确实奏效，女孩开始不习惯每天不和他聊天的日子，但是又很害羞，男孩不主动联系她她也不去主动联系男孩。但是她心里痒痒啊，终于有一天鼓起勇气给男孩发了微信，问他你在干吗呢。对话框上立即就显示对方正在输入中的字样，男孩回了一句：怎么啦？想我了啊？女孩发了一个害羞的表情，然后就没有然后了。男孩没继续回，又让女孩一顿好等，但是又拉不下脸再接下去聊。她也意识到有什么不对，果然，过了一段时间，就看到男孩在朋友圈发了他和另一个妹子的合照。

可是怎么办呢，这个傻姑娘动情了。男孩给她暧昧的感受，给她两个人在一起的可能，所以她也在他的引导下一步步走进男孩给的感情旋涡中。他们的共同好友告诉她，他亲眼看到这个女孩的信息来了之后，他点开看了之后又开启了和另一个姑娘的会话框发语音聊天。

你以为你是独一无二的，而你只不过是他一杯水里的一口水，他渴了的时候要喝很多水，你只是其中的一口，而等他畅饮过后，你不过是一口多余的水，没有解渴的作用了。可惜姑娘毫不知情，她以为他只和她聊天，真相背后是满满的自作多情和自我感动。

没错，他确实也并没有承诺什么，没有承诺和你在一起，只是和你搞得好像很亲密似的，让你产生错觉。女孩觉得憋了一口窝囊气，就发微信问他："我以为你喜欢我。"他回："你想多了，我只是把你当朋友一样来关心。"

姑娘简直像吃屎了一样——还不如不问。自己这个提线木偶的线断了，被收得服服帖帖。

善于暧昧的人有很多备胎，不论男女，都是一样。比如说，他会主动约你和他出去或者去参加有他参与的聚会，会给你特定的昵称，会有一些小动作，每次见你的时候摸摸你的头，在过马路的间隙抓住你的胳膊，拿东西的时候有意无意地碰到你的手，走路搂着你的肩或者下意识地搂一下你的腰。你以为这是爱情开始前的小暧昧，然而这对他来说，只不过是他对你有好感的调戏。今天他可以调戏你，明天他还可以调戏别人。

这招在两人的博弈游戏中，可以直接砍掉多数人百分之七十的血。

另一种砍血的方式就是对你说谎。

姑娘很敏感没错，但是也很容易相信，因为你永远无法看清一只装饿的狼。身边也有这样一个姑娘，她和男朋友在一起三年了，男朋友不允许她看他的手机，原因是需要一些私密空间。说实话，所谓的私密空间里充满着很多需要圆的谎话。

女孩很敏感，她打某一个时刻起就知道他不再爱她了。当她手提重物出现在他的面前他熟视无睹，当她独自走夜路他不再担忧，当他独自点了一人份的餐，当他把她爱吃的溏心鸡蛋做成了全熟……他铭记在心的姑娘的习惯在两个人相处久了之后就变成了一种反抗，两人成了势均力敌的两方战士，为了同化对方而战，却在讲和的时刻砍下了对方的头颅。

她明白他的私密空间里有什么，但是她无法接受的是他的谎言。只要一个女孩想看一个男孩的手机，无论怎样她都能看得到的，然而男孩并不一定知道女孩看过他的手机。敏感的女孩总能知道一切她想知道的东西，除了谎言。他做了什么，姑娘都心知肚明，然而最受不了的就是男孩一边和其他的女孩聊着，吐着自己的苦水，如此在爱情里不自由，转过来又和自己的女朋友说我没你不行，你就是我的全部，是我生活的动力。动力你妈啊，现在最不缺的就是影帝了。

没人喜欢一个爱撒谎的人，尤其是拙劣的谎言，一眼便能识破，所以令圆谎也显得十分笨拙。

如果你能如实告诉女孩，你们玩完了，结束了，你喜欢上其他人，这种诚实且残酷的态度可能会砍掉女孩百分之三十的血，但是撒谎和狡辩会直接砍掉百分之七十。这个世界不是少了谁就不转了，诚实可能代表对这段感情的重视，但是谎言不同于依赖，这是对一段感情污浊的诡辩。

在两人的游戏角色的选择里，谁占据主动位置谁就容易受伤较少。

比如有些人的方式是，我来了，把我的记忆抛给你，然后离开，没有一句告别，只留给你无限等待。

每个人都会是其他人身边的过客。你经过一个人，和这个人互相交换你们彼此的爱情，交换你们的故事，了解对方的喜好和缺点，你们之间又产生新的故事，而后你收拾收拾你们之间的关系，奔赴下一段旅程。

你来了又走，撩拨了我一下，让一汪死水重新流动，然后你告诉我你要千山鸟飞绝，你要孤舟蓑笠翁，你要江入大荒流，你要更上一层楼。你要追求事业，没有事业不敢成家，不去给承诺，因为不知道会不会实现，彼此相爱却为一些现实的事情折腰，或者又说要享受人类最原始的孤独，那就是自由。

你来了，带着很多的顾虑来了。撩拨着我，将我悬挂展览，看，她为我心动，她是我的战利品。可是我不敢踏进爱情的沼泽，我爱她，并不意味着我要和她一辈子生活在一起。扯淡的是，他会告诉你很多大道理，你永远说不过他。振振有词的“经验屌”，听他讲那些人生经验大道理会让你想干翻整个世界。爱情是需要先斩后奏的，先有爱再有克服困难的勇气，而不是因为一些冠冕堂皇的理由而拒绝说爱。

你经过了我，在彼此相爱的前提下不给我任何承诺，来了又走，你当我这儿是青年旅舍吗?

不同于男人，女孩们最好的时光就那么几年。让一个女孩等待一个爱情的结果，熬过她最美的年华都等不来你一个屁一样的承诺。

在爱情的博弈游戏里，我们总是很容易就选错角色。
女孩们都是没有安全感的敏感动物，你想在她们的身上获胜，那你稍微给一些感动，应该就能做到。
所以，当你决定日行一善，就不要轻易在她们的心里播种。

晚安，你和世界。

歌曲：The Growlers《Black Memories》

夜色给了人无尽的想象空间，给了人自我疗伤的可能。

你的晚安是我不眠不休的狂欢

镜子会告诉你很多你不知道的秘密。

比如有段时间我连续熬夜将近一个星期，在一次路过镜子前我被自己吓到了。

整个人都陷入了一种失血的状态，我仔细看着自己的皮肤，每一处都在告诉我熬夜带给我的问题。

很多时候我站在镜子前看着自己的脸，都不太认识自己。不起眼的位置又冒了一颗痘，黑眼圈又重了一层。

每天很早就和世界道晚安，但是每天躺在床上直到凌晨都失眠。

我尝试了很多的方式去深度睡眠，白噪声、后摇音乐、数羊，平躺把手放在肚脐眼上……关于睡眠我像一个虔诚的教徒，然而并没有什么用。

每天都很累，所以每天都想抓住属于自己的下班后的时间，可能在把逗逗猫、看看书、挤个痘痘、扫扫地等一些很不起眼的事情做完时，发现已经凌晨了。

为什么属于自己的时间总是过得那么快呢？
歌词里说好时光都该被宝贝，因为有限。
然而我总是在每个夜晚失眠，然后第二天顶着不好看的脸色过着两点一线的生活。

夜晚脑内的小剧场很亢奋。
脑子里全是事，一整天的事还有一些陈年往事总会在夜晚涌进脑子。
有些没完美撕成的逼，对某些人漏掉的话，总会让我在夜里后悔当时怎么没好好说。

我喜欢的人，喜欢我的人，
都在道晚安后对刚结束的暧昧意犹未尽。
夜色给了人无尽的想象空间，给了人自我疗伤的可能。

我有两个朋友，当我问起她们为什么会失眠，她们给出了这样的说法。
第一个妹子和男朋友异地，她的失眠是因为她和男朋友有十五小时的时差，只有熬夜到凌晨，她的男朋友早晨刚起床，他俩才能聊会儿天。另一个妹子是一个编剧，她的夜晚是大脑的白天。

“我的凌晨两点是他的中午十一点。
是的，他起得晚，我知道他的习惯。
我晚睡一会儿，就好像他没出国一样地陪着我。

“故事都发生在黑夜，夜晚掩盖了一切不堪。
白昼来临，一切都恢复正常，
只留下肿了的眼睛和一颗想要再一次宿醉的心。”

第二个女孩每年都要照一张证件照，不化妆那种，白底的，把一切缺点都裸露出来，每年一张。
她1992年出生，还处在一个美好的年龄，虽然比18岁老了一点。
她把她的一寸照排开来给我看，告诉我，她是在20岁的时候开始晚睡，如果不是每年去记录，你根本看不到自己皮肤的变化。简直是在抗议，让你惊吓。
她也是一个媒体工作者，经常加班熬夜、跟剧组，一晚上不睡第二天爬起来再接着奋斗。20岁之前她的脸上没有痘痘，眼角没有细纹，额头没有纹路，浅浅的黑眼圈，而现在她的皮肤承载了太多的心事，她坚信她的皮肤是与她绑定的，是有灵魂的，她的皮肤和她一起失眠了。

当我还是个满脸充满胶原蛋白的女孩的时候，我可以和朋友在

Livehouse[①]看摇滚乐队演出到凌晨三点；我们可以在说想看夜景的时候出发去三里屯Page One[②]，在圣诞节的前夕待到凌晨两点；

在一个朋友失恋了之后陪她宿醉；
看过天色渐渐变亮的北京街头；
路边卖早点的小店的小笼包和蒸饺，
在黑眼圈前冒着白色的热气；
和朋友在凌晨四点，
坐在路边看着这个城市从熟睡到苏醒；

在KTV唱到天明；
为了喜欢的人一晚上不睡，
只为剪一个片子在他生日时送他；
在五月天的演唱会上给喜欢的他打电话放歌听，
然后他挂断了电话。
因为结束而哭了一晚上，
皮肤上的水都成了失眠的眼泪。

……

①具备专业演出场地和高质量音响效果的酒吧。

②主打文艺及设计类书籍的书店，中文名为叶壹堂。

我常常看着镜子里的自己，问：
“你变了吗？”
“你好像变了，变老了。”
可能是因为心老了，少女心也总在挣扎。

我失眠的肌肤流失的是我可圈可点的回忆。
而你的每一句晚安都是我不眠不休的狂欢。

晚安，你和世界。

歌曲：From Your Balcony《That inferior feeling》

你蓄谋已久，
我也甘心上钩。

Lucky One[①]

很多人见五四第一面时都觉得他是一个挺酷的男孩，此刻他正拉着行李箱一个人坐在机场外面的路边抽烟。这是一盒新开的烟，薄荷味的，他爱抽。他打开烟盒，反着放了一根，那是他的Lucky One。他把烟盒盖上，然后再打开，拿出来刚才他反着放的那根，许了一个愿。

一条烟能许十二个愿望，前十一根都在让烟的时候被别人抽走了，不知道抽走Lucky One的那十一个人愿望有没有实现。他跟旁边人借了个火，点燃发现没按开爆珠，他用牙一咬，烟断了。得，又得使劲抽一包了。他又随便拿了一根，随便哪一根，都无所谓了，他现

①直译意为：幸运的那一个。

在纯粹想抽根烟。

养成这习惯是在三年前，他去看一个展览，那时候他刚文了个身，是一朵浪花，在大臂内侧。文了身不露就不算文，他换上他的黑色T恤，蹬上黑裤子，反戴一顶黑帽子，带了一台胶片机就去看展览了，其实也不是为了看展览，他觉得会在展览上遇到一见钟情的妞，他的直觉告诉他应该过去走一趟。

一个人会在某个特定的时段里遇上自己一生难忘的人，时间很随机，感觉很刺激。他走进了一个满是镜子的装置作品里，就是那种在镜面的反光里你可以看到很多角度里的镜子中的人，但是他们确实也并不在你的身边，他们在其他的通道里，每条通道都是相连的。那个空间里有不下五十面镜子，互相连着，镜子里的人不知道他们到底在何处，他们看着你，但是你却不知道他们在哪里。而在这时候他看到了一个女孩，他隐约看到姑娘的大臂内侧有一个月球的文身，潮汐随月球涨落，他觉得这姑娘简直是老天赐给他的。而且五四觉得她太美了，他太喜欢了，是自己心中女神的样子，以至于迫不及待地要和她认识。姑娘在动，他就跟着姑娘动，姑娘拐了个弯，他也跟着拐了个弯，结果重重地撞在了另一面镜子上，他走进了一个死胡同，姑娘不见了，他很着急。有的时候，就是这样，你觉得此刻不去好好勾搭的人你一辈子都会见不着了。为了让自己不留遗憾，五四倔强地在通道里找着那个姑娘，甚至他在怀疑是不是真有这么一个姑娘存在，是不是自己眼花了。

找着找着居然来到了出口，他刚想再进去，听到有个声音好像是在跟他讲话，他回头看了一眼，那姑娘就在门口，“你是在找我吗？”虽说五四身边从来不缺姑娘喜欢，但是这么直接的开场白也是让他的脸稍微红了一下。“你是不是在找我？”姑娘问，五四说：“啊，是。”姑娘说：“我也在找你。但是这镜子太魔性了，我有点头晕，我知道你会出来的，索性就在门口等了。”五四心里窃喜，他坚信这是缘分，也坚信这是他看展览前的直觉的应验。

“走，出去抽根烟吧。”
“行。”

这就算他们的第一次见面了，
姑娘叫小西，五四叫五四。

小西爱抽薄荷味的万宝路，喜欢和薄荷有关的一切，小西是一个薄荷味的姑娘，很烈，容易让人上瘾。五四抽中南海，小西说不行，她递给五四一根烟，隆重跟他介绍说这是一根Lucky One，每盒就一根，她自己放的，从来都没抽到过，都让给别人了，这根给你，许个愿。五四把烟拿过来，跟烧香一样高举眼前，闭上眼许了一个愿。然后小西说“跟我一起咬开爆珠啊”，五四笨拙地咬了一下，差点把烟咬断。

这就算在一起了，五四骑着他改装的CG125的复古摩托车把小西安全送回了家，小西把薄荷味的万宝路塞到他手里，看着小西上楼，五四在楼下抽了一根烟才走。五四之前也抽过这烟，从来没觉得这么舒服，后来就再没买过中南海。

小西是个摄影师，五四是个画插画的。一个总喜欢往外跑，一个总不爱出门。但是总有一方要做一些改变，最好的方法就是小西在家拍五四画画。她闭上眼睛摸着五四的鼻子的弧度、脸的轮廓、睫毛的长度、嘴巴的厚度，五四也摸着小西的脸。小西拍他，他就画小西拍他的样子。

小西有很多怪癖，比如逛超市的时候捏方便面，把手插在豆子里，出门总记不起有没有关门所以还要回去再推推门确定一下。五四喜欢她这些小怪癖，觉得十分幼稚可爱，像奈良美智。

很多自命不凡的爱情到最后都不能免俗，都用不到一年，大半年的时候，他们就开始吵架，鸡毛蒜皮，说话添油加醋，个性太强的两个人都不准备各自退让，每次吵架都像一场赌局，冷战的时间越久赌注越大，等和解的那个人输得一干二净。

但是五四深爱小西，所以小西也总有这个自信让五四赔本过来找她和解，她其实有的时候并没有生气，她只是爱赌。每次五四说“你别生气了”的时候，小西会直接跳到他身上搂着他亲一大口。所以五四从不服输的性格到把与小西和解当成一个乐趣，只用了一年的时间。

很多时候，恋爱谈久了，你会觉得自己好像置身事外，从没有恋爱过，然而你想全身而退的时候，会发现这个人已经深深地嵌在你的体内，溶化在你的血液里。

变成对方的样子并不是什么好事，因为你太了解对方心里想什么了，所以反而对对方心里所想的事不当回事了。

五四越来越宅，他可以一个星期不出门，在家玩游戏或者接接活画画插画，然而小西的职业就应该是自由的，她是不被约束的摄影师。他们都爱对方，但是不知道该怎么相爱了。在一起久了，对方的一切都暴露在明处，曾经喜欢的对方的小怪癖也撕去了糖衣，真的变成了怪癖。以至于到第三个年头的时候，他们之间的联系就是一起吃个饭，然后各干各的事了。五四意识到这样下去他们就玩完了，正想要做些什么的时候，小西提了分手。小西是那种不轻易做什么决定的人，可只要做决定那就是真的决定了，没有回转的余地。所以五四也没挽留。

小西像空气一样消失在五四生活里，但是又像空气一样支撑着五四活着。他从来没觉得失去是一件这么痛苦的事情，之前虽然联系得少，但是五四坚信小西不会离开他，他觉得自己已经吃定了她，所以他不在意，然而当真正失去了之后五四才真的开始慌了手脚。小西的好，小西的怪癖，就像噩梦一样时时挣扎在他每一个毛孔里。他的指尖有小西的轮廓，他盯着阳台发呆，可以看到小西在阳光下穿着他的衬衫在给脚趾涂指甲油，他去超市也开始捏方便面、把手插在豆子里。他也在认识新的陌生人，别人问他你叫什么，他说我叫小西。五四已经不存在了，没错，五四就是小西。

他独自去电影院看老电影，戈达尔的《爱的挽歌》，其中有一句台词说："你已经成为我的一部分，既是我的一部分，那也不需要再见你。"五四脑子里一遍遍地循环着这句话，竟然听见了小西的声音。

他不知道为什么小西能消失得那么快，根本联系不到，然而家里还有她的生活用品，好像她并没有消失。五四甚至开始怀疑他那天在镜子中有没有看到小西，他觉得小西可能是一个幻觉，但是她确实改变了他的一切。

我们遇见一个人，慢慢去了解这个人，
然而他却起身，在我们最动情的时候离开。
当和他在一起的时候，
并不知道那就是自己最开心的时光。
爱情不是占有是陪伴，
你以为你吃准了一个人，
然而每个人都有在不被爱的时刻选择自由的权利。

一个月后的某一天，五四看到朋友圈里一个姑娘发了一张合照，他怎么看都像小西，但是又觉得她俩怎么可能认识，就在下面留了言，“你右边这姑娘是不是叫小西？”姑娘回：“不是啊，你傻吗？你不就是小西吗？这是我旅拍的时候认识的摄影师，叫五四，不叫小西。”

五四忘记了自己对新认识的人都说自己叫小西，他全身的血液都在坐过山车，他立马给这姑娘发了微信，问姑娘“你们现在在哪儿，我找五四找了很久了”，姑娘给了他手机号，他按下这一排陌生号码的手都在颤抖，然后电话接通了。

“你当时没有挽留我。”
“我在赌气。”
“你输了。”
“我明天就去找你。”
“好，我在云南。记得带上你的板子，我想让你画我。”
“你不惊讶我怎么找到你的？”
“不惊讶，因为是我安排的。”

世界上哪有那么多巧合，爱情总需要一方去精心策划，你蓄谋已久，我也甘心上钩。五四收拾了行李，买了机票。这次他决定要多陪小西走走，再也不让她在自己的生活里消失。

五四跟旁边借火的哥们儿说，把一根烟反过来放，抽的时候万一拿到了这根，许个愿，有好运，挺灵的。哥们儿一头雾水但是还是点着头笑着说好好好，五四也笑了笑，拉着行李箱，走进了候机大厅。

晚安，你和世界。

歌曲：Brothertiger《Lovers》

风来自地铁和人海，而她的耳鸣，也还在持续。

我也不想这么情绪化

我记得以前做过一个测试，
是说在一个你爱的和爱你的人里面，
你选择哪一个。

我当时选择了爱我的。

我不知道你们会怎么选择。
爱人是一件幸福的事，
也是一件很累的事。
如果对方也能有回馈，
那么你才会变得有成就感。

爱一个人就像种一块土地，
我喜欢薄荷，
却发现我来到了向日葵的花园。
向日葵固然很美，
但是我原本想看到的是薄荷啊。

所以你最后无法抛弃这座花园，
因为那些悉心浇灌的日子，
让这些花成为你的花。
然而你对这些花只有喜爱，
但无法相守。

所以你要去找你的薄荷，
你的向日葵花园就交给别人来掌管了。

偶尔你会路过看看，它的荣枯你都深感欣慰。
或许不会再走进花园，但会希望它永远美好。

这就是带着既有的责任，
和一个人产生了感情。
然而最后发现，
让你离不开的是你和对方在爱里成长的过程。

可能不适合，但是忘不了。
很多人都不甘心，经营了许久的爱情，
是在教别人未来的另一半如何去爱，
而受益者，不是自己。

有的时候，很疲倦，很情绪化。
因为一些微小的事情，对对方大吵大叫。
后来发现事情远没有自己表现得这么值得歇斯底里。
然而却给对方心里留下一个结。

之前收到过一封邮件。
一个女孩喜欢和她男朋友一起在家看恐怖片，
她躺在男朋友的腿上，吃着炸鸡和可乐。
看到惊悚的一幕，
她的男朋友就挡住她的眼睛。
在地铁上，北京六号线有一站特别长，行驶的噪声会让人耳鸣。
她的男朋友就用手按住她的耳朵。

后来他们分手了。
她一个人在家里看恐怖片，
看到那些锯大腿的血肉模糊的桥段，
还有那些突然出现在镜头前的鬼，
她发现自己竟然也没有那么害怕。

甚至觉得鬼看她哭得那么惨，
都要从屏幕里走出来安慰她了。

不过也只有面前的可乐和鸡翅知道，
她在难过些什么。

风来自地铁和人海，
而她的耳鸣，也还在持续。

她没有按住耳朵，
任凭鼓膜膨胀。
一瞬间以为自己掉入深海。

我也不想这么情绪化，
显得我很敢爱敢恨 样。

但其实我是一个优柔寡断的人，
尤其对待爱情。
我没那么容易忘掉一个人。
那些初中的时候同学送我的幼稚的礼物，
我也专门买了好看的盒子保存它们，
那些廉价的贺卡和塑料里，
都有满满的感动。

有一个长得很丑的鲸鱼钥匙挂件，
我一直留着。
因为那时候同桌知道我喜欢海和鲸鱼。
所以送给我作生日礼物。

我知道情绪化不太好，
像一个神经病。
但是每当我去怀念一个人或者一件事，
我会无法自拔地掉入回忆的黑洞。

我挺想改的，但是这样才能构成一个人啊。
就像《头脑特工队》里演的一样，
因为可以哭，所以才能笑啊。

人的一生多数的时间都是忧郁的，
这才显得快乐珍贵。

或许我很情绪化，
我也会改的。
我会学会克制自己的情绪。
但是却不能克制想念一个人的心。

哭一哭也没有什么可耻的，

强颜欢笑才可怕。

晚安，你和世界。

歌曲：Muse《Psycho》

对于喜欢的人，多想他们能看见角落里的自己啊。

我把自己弄得那么显眼，就是想让你记住我啊

我们曾经见过，但是你忘了。
我把自己打扮得那么夸张，是想让你记住我。

不知道你们有没有注意过，
一个眼神你就可以看出一对男女之间有没有搭讪的可能。

注意到一个人的时候，
你不知道吧，你的眼神都是飘的。

在众多的人里，
气味相投的两个人会快速地锁定对方，
此后的一举一动对彼此来说都像是暗示，

甚至所做的一切都会变得夸张，
若无其事地和旁边的人讲话，故意将音量和声调提高，
描述一件事物的时候需要用肢体来辅助，
时不时地偷看他两眼，看看是不是他也注意到自己。
这一系列的行为都在暗示对方：快来勾搭我。

一个人对你有没有意思，
你看他眼睛准能看得出来。

有的人是直视型人格，
我喜欢你，就要盯着你看，
盯到你脸上的痦子都快融化了，
甚至你会以为是因为自己眼睛有眼屎没擦干净。

还有一种人是闪躲型人格，
越喜欢你，越不敢直视你，
躲躲闪闪，只敢偷看。
像拿了长焦镜头的狗仔队，
远远地观望着你的一切。

对一个人没兴趣的时候，根本懒得动。
对一个人投入很多的时候，便会注意自己的打扮着装。
一天不换一套衣服，不换个口红颜色都会觉得自己是旧的。

希望那个人能看到自己，
每天都变得很不一样。

人和人之间真是挺有意思的，对有感觉的人，总能联系到对方。对没感觉的，看100遍都不会乱想。王家卫在电影里说：“那天晚上，我又看到了那个女人，我知道我可能不会和她成为知己或朋友。因为我们有太多的机会可以擦肩而过，衣服都擦破了，也没有看到火花。”

不合口味的人就像在水果沙拉里加酱油，又像坏掉的剥不开的山竹。
扫兴。

对于喜欢的人，
多想他们能看见角落里的自己啊。
但是自己又太酷了，不懂热络。

不过也不排除意外，
合适的人你躲在哪里他们都能找到你。

一群人的聚会，她们都注意到那个男孩，
于是努力地表现自己，想要得到他的注意。
男孩和她们谈笑风生，

却爱上了坐在角落里独自喝酒的那个女孩。

人家说爱情可以改变一个人。
我发现我越来越帅，越来越有魅力了。
连头发也变成了金色。

无须打扮夸张，
若不是因为大家都寂寞。

总有人在你衣着朴素时看你到闪光。

晚安，你和世界。

歌曲：Bryan Ferry《Make You Feel My Love》

路很长，
但是和你一起走就
显得特别短。

但愿我的路上有你，而你的路上不一定有我

一个对的人，就像一双心爱的鞋。
不仅舒服，还能带你走很多路。

在一个地方待久了，总能熟悉周围的人。
即使没打过招呼，也不止一次两次打过照面。
照面打多了，就算熟了，开始说话了。

我家楼下有一个配钥匙的大爷，他配的钥匙特别好，基本按照原样，不会让你因为开不开再来第二次。他就坐在街头，所有家当和赖以生存的技术都展露无遗。有次我去找他配钥匙，结果没能打开门，我就回去找他。他说这把钥匙他免费给我配了，因为近两年基本没有这种情况。

他拿起来钥匙给我看：你看，打不开的原因就是这里多了一点点。然后他眯着眼笑着说，钥匙和锁这种配套的东西，就跟小两口似的，双方总得有一方在打不开心结的时候弱一点让一步。打磨掉这一点锐气，就能打开门啦。

我当时觉得这句话说得特别好，后来才知道他的妻子有老年痴呆症，他把家里的钥匙配了好几份放在不同的位置贴上小字条，只希望他不在家的时候，他的媳妇出门记得带上钥匙。

锁和钥匙，这样般配的一对，只有相互契合才能打开。

这世界上有很多需要彼此配合才能完成的物件，就像一双鞋子对于脚的意义一样。

我脚的尺码是37，前几天喜欢上了一双鞋子，但是37码的售空了，我说给我来双36的吧，因为太喜欢了，第二天穿着走了一路，结果脚磨得不是起皮流血就是起水泡。我以为我能将就一下，买了一双不合适的鞋，结果只能是冷暖自知。

前几天看韩剧《她很漂亮》，里面高俊熙穿着不合适的鞋子在路上跑着找男主，结果没有追到他，才发现自己的脚已经磨破流血了。她说，或许因为他并不是适合自己的鞋子，再喜欢也不能觊觎。

因此就踉踉跄跄地走回家，换了其他的鞋子。
不适合自己的东西，并不能强求它们变成你的。
动心不等于合适。

女人的购买欲总是旺于男性，也更没有理性，比较盲目。
觉得哪个牌子特好，大家都有，就非得去买。

就跟我前几天脑子一热去接了个头发一样，被坑的钱不少，但是并无法接受自己的新样子。
连朋友都说，短发更适合你。
我说，嗯，尝试过之后才知道哪种样子更适合自己，遇见一种适合自己的东西，就像遇见了一个合适的人，你们的笑点契合，爱好契合，就像买了一个适合的物件，总想带它出去炫耀炫耀。

一个合适的爱人就像一双舒服的鞋子，
因为耐穿，所以让你想要和他走一辈子。

路很长，但是和你一起走就显得特别短。

晚安，你和世界。

歌曲：Rod Stewart《Have I Told You Lately》

如果想要得到一个人，先让他对你上瘾吧。

在干燥的人际关系里，你是我的瘾

我是巨蟹座。不得不说，其实有的时候我也挺信星座的。

有些性格或者习惯也并不是硬靠在那些描述上的，是真的就是本性。就跟我们不知道地外生命长什么样子一样，我们其实也不确定地球的旋转和月球对潮汐的影响是不是也能波及我们的心情。我记得之前看过一部电影，叫《黑洞频率》，这部电影其实是跟《星际穿越》的概念很像的，虽然《黑洞频率》要早诺兰的这部电影五年。

大概意思就是，我们所度过的每一秒都是独立平行的，可以通过独特的介质穿越。其实当我看到男主通过电波提示父亲的安危，觉得像是通过电影来给自己吃一粒后悔药。

万事万物都有存在的理由，也有丧失存在的可能。

因此我们才想留住一丝一毫的相爱证据，在别人不相信自己甚至自已都怀疑的时候拿出来看看。哦，原来我们曾彼此拥有过，我们也曾彼此经过。

我一直有记日记的习惯，虽然不一定天天都写吧。
有的时候走在路上或者看电影的时候有一些闪过的小念头，手边没笔的时候，我就会用手机备忘录记下来。因为如果不是在当下记录，那些念头我永远都不会再想起来。我的记性很差，所以能留在我脑子里难以忘掉的，那一定是最珍贵的东西。

我有一个收集票根的习惯，电影票、火车票、飞机票、船票等，从大一就告诉自己，如果累积四年，应该是一个不错的纪念。所以现在我用很多个信封去装票根。我一个北京的朋友也是如此，他把各种话剧、电影的票根贴满了一墙，然后和票根合了个照。

前段时间我突然爆发整理癖。
我的屋子不大，但是东西很多，我心想清一清吧，说不定有些曾经觉得宝贝的东西现在已经成破烂儿了，所以就整理了一下，结果扔了一大箱。就像曾经特爱吃的东西，很久不吃了，再吃一次发现也不过如此，时过境迁了，味道也变了。其实有时候也在想为什么这些东西当时被我视若珍宝现在却一文不值，或许物品的意义和人的去留一样，重重筛选，才能留下最珍贵、最离不开的。

但是我在老家有一个大盒子，里面放着我初中、高中时和朋友上课传的字条，被表白的情书，同学送的简陋的礼物、贺卡、明信片，初学摄影时拍的照片，等等。有次我打开盒子看，里面有张字条是朋友说，你作业借我抄抄，我说你等着，我先借别人的抄完。现在看我不知道该如何形容自己的心情，挺怀念的吧。我已经有好几年没感受过那种有课桌和同桌的日子了。

还有一个挺有趣的事，上大学那会儿，我们班每年都会在平遥参加高校摄影的影展，所以我们每年都要去一次平遥。平遥有一个小小的CD店，全是老CD和黑胶唱片什么的，那时候我进去选CD，店主跟我说："我朋友出了一本叫《在路上》的杂志，要不要买一本？"我当时穷得叮当响，但是还是买了一本。没想到在几年后，我居然会和这本杂志的主编认识，而我买的那本杂志，居然也成了绝版。他们自己后来一本都没留。

整个世界小得可以循环，每隔六个人，可能就会有一个熟人。
就像加了一个工作伙伴或者陌生人的微信，你在看对方朋友圈的时候发现自己的朋友给这个人点了赞、留了言，甚至比和你关系还好。

关于癖好，能说的还有很多，那些小习惯一点点地构成一个人。
比如一首歌我一定要单曲循环很久，一家店的同一道菜，我一直会点，不会换别的尝尝，怕不好吃。又比如说，我在超市很喜欢捏方便面，也喜欢把手插在米缸里，后来经过试验，发现还是插各种豆子的感觉最好。

总而言之，癖好不仅仅是一种习惯，也代表一个人，保守又没有安全感。

就像《这个杀手不太冷》里那个嗑药的警察，杀人的时候一定要听贝多芬的曲子。
一种癖好就能塑造一个人的性格特点，当然，也可相互作用。

我有一个朋友追一个女孩，用了一个月的时间。
他是一个有绝对坚持和独特癖好的人。
在这一个月里，他每天都给女孩打一个电话，早晨给这个女孩送自己做的早餐。但是女孩一直都没表示要在一起。

后来他在第100天的时候戛然而止，再不和女孩联系。
女孩疯了似的找他，而他就这样得到了她。

所有的爱情归根结底都是习惯和瘾而已，
不好改变也不好戒。
如果想要得到一个人，先让他对你上瘾吧。

形成牵绊，缠住手脚。
当无法根除和失去，他就是你的了。

晚安，你和世界。

歌曲：Pale Saints《Kinky Love》

拼命地跑着，
然而却不知道往哪
儿跑。

我已经没有机会再失恋一次

记得有一句歌词说：你渴望的离开，只是无处停摆。

跟大家讲一个特有趣的事。我家跟徐州挨得特别近，有一次我坐高铁回家，因为头一天晚上修图到夜里三点多才睡，以为自己只是在车上小眯一会儿，结果错过了曲阜东的站点，直接睡到了徐州东。一个姑娘拍拍我跟我说，妹子，这是我的位置，我说这是我的，然后拿车票给她看，她说，哦，妹子你应该上一站下。

我一看，哦，坐过站了。

我当时手机没电，兜里没钱，一瞬间不知道该怎么办，就去求助列车长，把我所有的证件给他看，他看见我的学生证说，哦，是学生啊，是能干出这么傻的事的年纪。行，不用补车费了，我让人给你带出站去。

“是学生啊。”“是能干出这么傻的事的年纪。”

我知道这个意思是说我没脑子，但是现在想想，其实还是个挺有趣的插曲。
毕竟在离开学校了以后，好像所有人都在告诉你：你没有权利耍赖了。

丧失了一种特权，表现在一种失落的自力更生上。
买票要买全价，丧失了一些便利，连办个签证也不能拿父母的财产凭证而是要出示自己的工资卡来办理，然而自己的卡却远远达不到办签证的年薪要求。

那天和我一个女朋友聊天，我们从大一军训的时候就在前后的位置，那时候她在老家有一个男朋友，此后，她和她的男朋友异国了五年。整个大学啊，他们一年只见零星几次面。昨天她告诉我，他俩在这个毕业的暑假分手了，因为男孩不回国，她也在北京找了工作。不可能在一起了，既然他不肯回来，没有陪伴了就停止了告白。她仿佛觉得这四年什么都没做，日子就这么过去了。我们总说，一个女孩到25岁，整个人的状态就开始从抛物线的顶点向下走了。用那么长的时间去等待一个人，等过了自己最好的年纪只因想迎接对方最好的年纪。

我们得出了这样的结论，我们已经没有机会再失恋一次了，我们也已经没有权利再去任性了。我的朋友说，如果我谈一段感情，那就肯定不会是随便玩玩，动情的时间很长，我已经花几年的时间去用在一个人身上，我也没有机会再失恋了，我没有想到我会有一天担心自己嫁不出去。

因为如果我们喜欢一个人，就要消耗时间去了解他，去陪伴他，去告诉他我们在他们的身边一直等待。我们已经不再是那个十七八的少年了，那时候做错了什么事情，都有时间被原谅被忘记，也有合理的解释，因为年轻。

和我同年同月同日生的闺蜜总是大大咧咧地在我面前蹦来蹦去，说我好想谈恋爱啊，可是天天忙工作，身边也阴盛阳衰，都没有时间去和新的人接触，感觉恋爱无望了。我们的少女心就仿佛是往一张心爱的店的卡里充了很多钱，然而还没舍得花，店就倒闭了。那种感觉也是明明肚子空空，看着菜单却毫无食欲。

我曾经工作的地方有一个出生于八几年的摄影师，酷酷的，也还没有恋爱，昨天她在朋友圈分享了这首歌，就想起来她淡淡地跟我说过，我奶奶要给我安排相亲了。

不知道从什么时候起，很多工作岗位上全都是努力拼搏认真生活的女孩们，一个部门恨不得男女比例三比七。加班的工作狂、女强人，这些词已经适用于越来越多的女性。

拼命地跑着，然而却不知道往哪儿跑，
到了终点也只是孤独的冠军。

已经没有机会再失恋一次，
也并不敢再开始一段新的恋情，
因为怕在一起不合适就没有机会再失恋了。

因此就陷入了一段奇怪的死循环，像一个茧将自己团团包围，将自负、泄气、畏惧、失望、害怕、毫无安全感、保护自我的意识、拼命工作、压抑的心动、内心的不满足感、痛苦、没有钱的空虚、没有人安慰的寂寞，统统包裹在自己外面，发出了微弱的声音：好想找个人拥抱我一下。可是防线太厚，发声被深深地埋没在了心里，没有人听见，也没有人看见。

记得去年下雪的时候，我跟室友说，我们下去堆个雪人吧。
其中一个姑娘说，我已经很久没做这么有少女心的事了。
另一个姑娘之前也告诉过我说，以前挺喜欢出去参加各种活动的，现在只想每天待在家里。

我之前跟两个室友说过，一切都会越来越好的。

一切都会变好的，不是吗？事情再糟都有落地的一天，从此每天的上升都是转运。

别对自己失望，别人才敢主动去牵你的手。

拥抱每一个被自己织的茧缠住的人，不需要破茧，你也是蝶。

晚安，你和世界。

歌曲：Jake Bugg《Broken》

谁让我喜欢你呢，
就变得很低。

你以为偶然的事情，其实早已酝酿很久

为了你说的一句“你也在这儿呢”，
他等了很久了。

人类最蠢的地方是，当有一个人爱你，你却看不见。
当有一个人讨厌你，你反而很走心。

我们总是把爱和重心用错了地方。

看影片《我的少女时代》，简直少女心爆棚。
徐太宇和林真心彼此绝口不提我爱你，这让我想到了《两小无猜》里的桥段。
一个人以一个朋友的身份待在这个人身边，喜欢一个人就是让她投

入她喜欢的人的怀里。

这个过程像一个无法挽回的仪式。

知道自己越走越不对，越陷越深，但就是无法自拔。
谁让我喜欢你呢，整个姿态就变得很低。

但是有的时候好的爱情也是一种兴奋剂，在这个不怎么好过的人生路上抑制了焦虑。
青春时代的徐太宇告诉林真心，我让华仔给你唱歌啊，他指着那个人形立牌。结尾，言承旭出现的时候，全场的女孩都发出了花痴一样的惊叹声。那个长大的徐太宇对林真心说：我让他给你唱歌啊。结果这场演唱会就是以她的名字命名的。

没有一个女孩能够抗拒霸道的爱，谁不想被无条件的爱所控制呢？
所谓少女心，不是一种假象，而是真的存在于爱里。

我家小区里有一对白发苍苍的老两口，有一次回家的时候我碰上他们，老奶奶手里攥着一个Hello Kitty[1]的气球，我以为是给他们的孙女买的，后来跟他们聊了几句，发现是奶奶想要，爷爷买给她的。在爱人面前，我们永远都是一个长不大的小女孩，她也可以有

①日本著名动漫形象。

偶像，可以对男神动心，也可以在街上多看几眼帅哥，但是在她心里，那些能撒娇的对象，却只有她的男朋友一个。

我有一个朋友，她现在和她的男朋友一起在英国念书。
她是我最爱的女孩，我们在一起讨论校草，听一盒放在随身听里的磁带，在图书馆的一个没有人的角落，她趴在我身上因为一个渣男哭。
但是遗憾的是高考我们没有考到同一个城市。
一个暑假，她告诉我，她和她的一个同班同学在一起了，也就是她现在的男朋友。

她当时告诉我，那男孩告诉他，他盯了她好久了，一直以一个“关系最好的同学”这样的关系陪在她身边，知道她和别的男孩一起走，他能做的就只能是默默地告诉她，今天你先走吧，你的值日我帮你做，去找他吧。她说，他为我做了那么多，我居然才看到他。虽然告诉我这个消息的时候，他们在一起只有几天，但是竟然像在一起了好几年。

他默默地在你的身边看着你，你说的每一句话都会让他在脑海里飞速运转和揣摩，表面上看起来却非常平静。
“你说没事就是有事，你说没关系就是有关系。”
你说的每一句话我都记得，所以才会在听到你电话里说“没关系”的时候，出现在你家楼下。
你以为一些事情是偶然发生的，然而你不知道那个喜欢你的人，为了这一刻的偶然，准备了多么久。

经常说反话的人都是善良的，因为不矫情，也不想连累别人，所以才将“有事”的事情也说得云淡风轻，其实那对自己来说却很难度过，但是总有一个爱你的人可以看穿你的一切，你的眼神有一秒钟迟疑的露怯，都会被他敏感地捕捉。

在电影最后，徐太宇对林真心的一句“好久不见”，不仅仅是对那个青涩的女孩说的，也是对被这个女孩改变的那个曾经青涩的自己说的。

为和你相见的这一刻，他不知道走了多少路，做了多少努力，吃了多少苦，收集了多少你的信息，一步步地这样到达了你的面前。他提早到达，静静陪你，而当你注意到他的时候，他已经站了很久了。你惊讶地问他，你什么时候到的？他只会笑着对你说，我刚到。

爱情像慢慢加热的水，总是让人后知后觉。
因为我们很蠢，所以我们也被蠢蠢地爱着。

晚安，你和世界。

歌曲：Lissa《Zimt》

爱别人之前，先爱自己，不然，你拿什么爱别人。

我们爱你，不及你爱自己

我一直都特别喜欢用钢笔手写东西。

有的时候会寄明信片或信给自己重视的人。
因为总觉得手写的东西饱含着掷地有声的感情。

某一天我整理东西到凌晨，翻出了一些信件。

这就让我想起来之前搬家的时候，朋友过来帮忙，我们蹲坐在地毯上，看我所有曾经往来的信件，大学四年的还有毕了业之后的，我都仔仔细细地收着，按照时间顺序摆放。我还在坚持写信，执着地觉得，这是“爱的证据”。

很多信件不能念出来，念着念着容易哭，然后又笑了，然后，又哭，像一个神经病。但是我仍时不时地就会温习一下，因为这是单身的我在北京的全部力量。

Letter 1（大一）

爸妈的宝贝：

展信悦。

新学期学校里的一切都还适应吗？和同学相处得好吗？

送你到了学校以后，爸妈在回去的路上不知道是什么心情。虽然替你开心，我们也终于培养出了大学生，但是妈妈还是哭了。

一路上你爸边开车边安慰我，后来我们都不说话了，然后他眼睛也红红的。

真不知道你结婚的时候妈妈该怎么办。

你爸后来也不说话了，但是我心里都明白，他也并不好受，但是女儿总要成长的，不是吗？爸妈早晚也会离你而去，所以才更不舍得和你在一起的每一段日子。

记得按时吃饭。

爱你的爸爸和妈妈

Letter 2（大三）

亲爱的宝贝：

今天我和你爸在家做了你最爱吃的红烧肉，听说你过段时间就放假回来，所以你爸就试着下厨，说给我闺女做一顿红烧肉。正好这两天你姥姥、姥爷也一直念叨你呢。你舅舅给你姥姥、姥爷买了老年代步车，特别好玩，你回来看看啊。

咱家狗也想你了，今天趴你屋里不走呢。
你的屋子妈妈每天都给你擦一遍，等你回来。

爱你的爸妈、姥姥、姥爷

letter 3（大四）

亲爱的宝贝：

找工作的事怎么样了？别累着了。

上次你来信说压力特别大，没事，别有压力，没钱了跟爸妈要，一定要吃好，别亏着自己，别不好意思开口要钱。

我从小给你存的压岁钱的保险项目，现在开始返还了，妈绑定了你的卡号。你小时候收的压岁钱都给你存起来了，你看，我没骗你吧，还都是你的。保险公司之后会按月给你返还的，你注意看着卡哟，钱不够跟爸妈要，可千万一定要吃好。

前几天你说你总熬夜，妈妈特别不放心，如果觉得在北京太辛苦了大不了咱就回家，咱们老家也不算特别差。当然这是你的退路，如果你要北漂，有梦想要拼搏，爸妈也支持你，我们都尊重你的意见。

要是年底有时间回来看看吧，你姥姥前段时间腿的老毛病又犯了，最近好多了。

年底要是没事就回家一趟吧。

爱你的爸爸妈妈

Letter 4（毕业第三个月）

亲爱的宝贝：

爸妈刚散完步，回来你爸就要我赶紧给你写信。

你一个人在外头，妈又给你买了份保险，多买点没坏处。你一定要注意安全，没事别往外瞎跑，要不是和朋友聚会什么的，就在家待着看看电影看看书。妈妈最近拿你给我买的iPad看电视剧，那个指纹老是不太会用，你爸还老说我笨，就跟他多聪明一样，哈哈。

我跟你爸说，我那么笨还生出那么聪明那么优秀的宝贝呢，我要是聪明了还了得？

你爸正偷笑呢。不写了，有点累了。

下次寄信你涂个口红亲妈妈一下，用张纸印上一起放信封里哟。

爸爸和妈妈很想你，我的心肝。

爱你的老爹老妈

Letter 5（毕业半年）

亲爱的宝贝：

没事吧，宝贝？上次你寄来的信纸都皱了，你爸特别担心，他说你肯定是哭了，哭着写的，别逞能说没事了，爸妈不傻。

你说工作上有人对你不太好是吗？乖孩子，这都是一个过程，你要知道社会和大学是不一样的，不是什么都能依着你的性子来的。对于小人，那就远离，人不犯我我不犯人，如果真的再找你的碴儿，你就要警告他了，如果需要，把那个人的电话给我们，让你爸给他打电话，不能让我闺女受委屈。

最近北京有点降温了，我和你爸一起溜达着逛了逛，给你买了件大衣。你喜欢穿黑衣服，也不能总穿黑的，妈妈给你挑了个深酒红色的，我觉得挺大方，明天给你寄过去。

我和你爸都挺好的，你不用担心。
你照顾好自己，爸妈就省心了。
别总吃外卖，能自己熬点粥就熬点。

爱你的爸妈

Letter 6（毕业一年）

亲爱的宝贝：

别太累啊，我听你室友说你胃不舒服，你就是饮食总不规律还总熬夜，真是让我和你爸担心，实在不行，我俩就去北京找你吧，给你做饭，收拾家，你自己太忙了我们也不放心。在北京也没个人照顾你，我和你爸还有一年就退休了，我俩都挺着急的，恨不得现在就去找你，在我们没去之前，你一定要爱惜自己的身体啊，身体垮了也别提工作了。爸妈能陪你的时间只能越来越少，你这样对待自己让我俩怎么能放心。

知道你赚钱心切，个性好强，这点随你爸，又拼又倔，也不知道该怎么好好照顾自己。

我们爱你，不及你爱自己啊。

爸妈总有一天会离你而去，你这么不爱惜自己让爸妈可怎么放心。

不行就赶紧找个男朋友吧，还有，妈又给你买了份重疾险，不希望你生病但是预防着总是好的。正好离你生日还有7天，妈给你寄过去，就当给你的生日礼物了，给你买的其他保险资料就在咱家那个衣柜的最上面的帆布包里，跟你说一声。

有了保险爸妈还能安心点，也算有个保障。

过段时间不忙了回家一趟吧，妈妈在家给你做好吃的，把你的生物钟扳一扳。

晚安。

爱你的爸爸和妈妈

Letter 7（工作一年零五个月）

亲爱的宝贝：

你姥姥、姥爷正泡脚呢，用的你刚给他俩买的按摩脚盆。两个老人家边泡脚边念叨你孝顺，我和你爸一会儿也试试那个脚盆，看起来很舒服的样子，哈哈。

还是那句话，别总惦记我们了，你那么累，家人都特别心疼。

你小时候，爸妈真是对你寸步不离，在你身边照顾你都成了一种习惯，然而现在你离我们越来越远，我们也不能陪在你的身边。你要好好爱自己。不要生病，不求你赚多少钱，只求你健康。

我们爱你，不及你爱自己。

记住这句话，常看看这句话。不许再熬夜了，也少喝酒，应酬的时候要装着不能喝，我和你爸很担心你。每天给你转的微信的那些文章你都看了吗？一定得看，都是我和你爸在朋友圈挑出来的不错的文章。人的身体以及器官都是在固定时间段工作的，所以可千万别再熬夜了。

我们爱你，不及你爱自己，妈妈再写一遍，要记住啊。

爱你的爸爸妈妈

到这儿的也就是他们最近写的了。

印象最深的一句话就是“我们爱你，不及你爱自己”。

爱别人之前，先爱自己，不然，你拿什么爱别人。

晚安，你和世界。

歌曲：Lowspirit《Countryside》

那就各奔东西吧。
早晚都会分开的。

爱你的每个瞬间，像飞驰而过的地铁

面对离别，我们好像也用不着那么悲伤。

前一段时间，有个女孩给我发微博私信，说和男朋友分手了，她特别伤心。分手是她提出来的，她却更舍不得。

我回复了她：缘分到头了，那就好聚好散。

有的时候缘分是一件挺神奇的事，
两个人有缘，拐着弯也能相见。
每个人所做的每件事，
都在掐断一段缘分，开始新的缘分。
我现在特别相信老天的安排，

可能这段路我们早已经走过一遍了。

另一个男孩私信告诉我，他认识了一个新的女孩，但是还是不自觉地想去关心那个曾经的姑娘。
看见她抽烟，他跟她说，把烟戒了吧，对身体好一点。
她说，没办法，你教我抽的。

这样的留言很让人伤心，
我们经过一个人，就带着他的习惯离开。
和经过的人交换了彼此的一部分心脏，
然后说：好的，宝贝，成交，再见。

这首歌来自老狼的《虎口脱险》，歌词说：

那是我最喜欢的唱片，
你说那只是一段音乐，
却会让我在以后想念。
…………
爱你的每个瞬间，
像飞驰而过的地铁。

"爱你的每个瞬间，像飞驰而过的地铁。"

我在想这是一种什么感受，后来我发现，站在没有安全门的地铁旁边，感觉地铁飞驰而过的那一瞬间，我的身体很想跟着它走。

可能爱你的那一瞬间，
就是想跟你走吧。

我的好闺蜜到现在还不能忘记她的前男友，
她现在是单身，准备出国，
其实过得跟和他在一起的时候也没什么不同。
只不过分开了就像少了一块什么。

她在分手后很后悔她当时为什么作，所以他才离开她。
我说你只是想让他过来接你而已，只是想多和他待会儿。
这不是你的错。

谁爱对方的时候不是倾其所有呢?
可能只是缘分到了头。

那就各奔东西吧。
早晚都会分开的。

前几天看到一个微博，是一个男孩发的。
他的爷爷奶奶在吃饭的时候，爷爷突然放下筷子，哭了。

奶奶问他，老伴儿你怎么了？
爷爷说，老伴儿，我们可能要分开了。
然后过了一会儿，爷爷倒在桌子上，离开了。

“我们可能要分开了。”

我们的路到头了。
接下来我可能不能陪你走了。

只不过有的人离开得早一些，
有的人离开得晚一些。

那些以为会永远存在的画面，是手机里还没来得及删掉的照片。
舍不得我们那些拥抱的相片，却又不想让自己看见。
是听见一段熟悉的方言，
一个路人甲用和过去那个人一样的口音说话都能让你心里一紧。
别人问你，你是这儿的人吗？你怎么会说这里的方言？
你心里划开了一道口子，然后笑着说，我从小语言天赋就好。

就像撕开一份准备要扔掉的老报纸的时候，看到一条重要的错过的新闻一样，那是你们在一起的时候，一起经过的社会大事件。
时间却绞碎一切。

有的时候，会突然想喊一个人的名字，可是他也已经不在身边了啊。话到嘴边，及时地刹了个车，毕竟在我们身边的，是其他人了，而这个人，也会成为我们未来的习惯。

晚安，你和世界。

歌曲：Andy Hull/Robert McDowell《A Better Way》

如果心里住着一个孩子，时间再走，童真也不会走。

开朗者的悲伤

有一个快乐的人突然有一天不快乐了，很多人纷纷问他，你怎么不快乐了？你怎么不笑了呢？那人说，这才是真实的我。

那天我路过了久违的学校，我还记得我艺考的时候学校的样子，现在这附近的店面基本已经换过一遍了。

周围的一切以半年为周期的速度进行更新换代，当再看他们的时候，地方还是那个地方，人已经不是那些人了。

一个“逗比”的悲伤是显得很悲凉的，正如一个矫情的人突然对一切特别释怀了一样。这些有反常规的事情让此人显得和往常不同。

大家会问，你怎么变了？

什么是变了？
我在北京待第五年时，再去一条以前去过的胡同的时候发现这条胡同已经没了。《十分钟，年华老去》里的陈凯歌的短片，叫《百花深处》，是冯远征演的，老戏骨，演得是真好。这是讲胡同的消逝对当地人的影响的一部片子，一点一滴，拆墙，分明都是在拆心，拆掉一种习惯。

在我离开学校大概几个月的时间里，学校门口的那家店换了三次招牌。
上学那会儿，这三家店我都去吃过，味道都还不错，不知道为什么就搬走了。在想不通的时候我就觉得可能因为门口的那条等待主人的黑狗吧，它在找一个主人，可能那些都不是它的主人。可连黑狗我都不能确定还是不是那一只。

我们很难定义变没变。

之前我有一朋友告诉我，他在英国留学的那一年，整个人都变得很孤僻，没有新朋友。但是当他回国之后，他觉得一切都变了，但是朋友带来的感觉没变，他以为之前在国外是自己的性格问题才导致没新朋友，现地发现并不是，是因为有些人根本不能硬凑在一起。

所谓朋友，就是不论斗转星移，几年未见，见了面仍然像昨日刚见过一样，没有尴尬，两个人不说话，也觉得自然妥帖。

很早以前其实我并不是一个特别合群的人，不是我不合群，而是我觉得别人难以接纳我。但是后来随着日子一天天地过，我发现真的朋友是顺其自然留在你身边的人。在小的时候，我就觉得自己和别人不太一样，我觉得我有很多想法，我写下来，却很难和别人交流，后来发现并不是我不愿意和别人交流，而是别人并不太了解你未来想走的路，后来我发现，能陪你走到最后的朋友，是一路无条件支持你，在失意时给予你力量，在你受挫折时不一味和你一起指责别人而指出你缺点的人。

朋友不是在你错的时候与你一起同仇敌忾的人，而是给你泼冷水的人。

所以当时间在变，我会发现因为有旧人在我身边始终如一，我的本心并没有发生什么变化，如果心里住着一个孩子，时间再走，童真也不会走。

谢谢新人，提醒我世间变化，
谢谢旧人，提醒我初心未变。

如果你觉得自己在所处环境里十分孤独，

也不要轻易改变自己。
因为如果你放弃了自己的个性，
变得不像自己，变成一个敷衍行走的皮囊。
那么才真是悲哀。

如果你喜欢写东西，那就继续写；
如果你喜欢画画，那就继续画；
如果你喜欢演讲、辩论，那就坚持。
如果喜欢什么，然后压抑住，去做别的你以为更有成就的事，那趁早还是算了，因为连自己喜欢的事都不能去做，不喜欢的事怎么可能做成功呢？

别压抑自己了，金子只有在合适的地方才会发光，扔在杂草里，只能被踩进泥里，那光芒是谁都看不见的。

再次见你，可能你会变得更美了，
但是心里希望：
你还是那个未被世事污染的、美好的你。

晚安，你和世界。

歌曲：Deptford Goth《Dust》

6号展厅

逃避

真心可贵，
要掏给真正想聆听
你的人看。

我把你当朋友，可你呢？

每个女孩在小时候应该都有过拥有几个女朋友的时代。

上厕所要一起去，拿作业要一起去，发试卷了，也要一起去看，会喜欢同一个男孩，会去操场拉着手一起逛逛看打篮球的校草。

我记得在我的初中时代，那时候有三个女孩，她们彼此关系很好，至少看起来是。

后来她们各自散去了。
后来我发现有很多三人组合的朋友，到最后，总有两个之间不是那么亲密。我们暂且将她们设定为A、B、C三人。

我初中认识的那三个女孩A、B、C，到现在的关系是A和B很好，C和B也很好，但是A和C却一般。

后来我发现这种关系不仅仅在女孩里是这样，在男孩里同样适用。几个关系很好的人里面，也总有两个人之间的关系是最要好的。

比较令我伤心的一件事是这样的，在一段三个人的关系里，我曾很尽力地对一个姑娘很好，什么都跟她聊，后来我发现她却没把我当朋友。三个人的群聊里，她从来不说心里话，只会悄悄地和另一个姑娘发微信，告诉她自己的心事，而我自己却像个傻子一样什么都告诉她。

我把她当作朋友，她却当我是过客。

后来我发现，并没有谁非得没谁不可，只不过就是心里有点难过，当我掏心掏肺地对一个人好，获得的并不是同等待遇，这对于恋爱同样适用。

失去一个朋友，也如同失恋了一样。

善良的人总是把别人当朋友，别人稍微对自己好一点，我们就把心都掏给对方看，我们对对方一无所知，而对方却对我们知根知底。我们就是太容易把别人当朋友了。

我就是这样，看谁都是好人，对谁都不提防，所以特别容易被骗，我相信这并不是我一个人才有的弊病。

记得之前我有一个朋友的处事原则是这样的，他说：当我接触一帮陌生人，我会先默认对方都不好接触，这样，当发现他们其实都还不错的时候，我的心理落差不会太大，自己也不会感觉受什么伤害。

我觉得他这样挺好的，毕竟咱们也都不是小孩了，比起孩子，其实成人更脆弱，更容易受伤，孩子哭出来喊出来就过去了，成人不一样，伤得再深，也只能都藏着不说了而已。

希望善良的你们保护好自己的心。

真心可贵，要掏给真正想聆听你的人看。

晚安，你和世界。

歌曲：Bark Psychosis《Absent Friend》

飞机的宿命就是从
不为你停留。

每架飞机上，都有一个我想泡的空姐

印象很深的一件事，有一次，我和朋友去上海跨年，飞机上看到一个气质非凡的空姐，皮肤白皙，一抹红唇，没有特别浓妆艳抹，也显得眼神挑逗十足。

后来我们都很难忘记这张脸，因为实在太像《一代宗师》里的宫二。

其实每一架飞机上都会有一个我特别想泡的空姐。
有一次在去三亚的飞机上，有一个空姐，一看就是新来的，办事手忙脚乱，问我想吃什么的时候，还要拿出小本子看看记下来的三种菜，说了半天还说错了，脸憋得红红的，我当时就一直盯着她看，觉得她特别可爱。后来听别人喊她小七，就更觉得她可爱有趣，因为我的幸运数字是七。

那天在回来的飞机上也遇到一个空姐，古灵精怪，做事手脚麻利却没有那种自以为是的优越感，也让人很是喜欢。

说到这儿，我虽然被大家叫越哥，其实是一个纯直女，但是由于大学本科四年学摄影，总是喜欢拍妹子多过拍男孩，因此也总是喜欢认识那些可爱有趣值得被拍的妹子。

可爱的事物总是会被人喜欢，但是并不是所有人的口味都是一样的。我有一个朋友，一个男孩，他和他哥们儿看女孩的审美从来不一样，其中一个觉得好看的女孩，另一个人却会觉得一般。

所以其实没有好看不好看这一说，看顺眼的两个人，在彼此的眼里对方就是世界上最美好的人。

前两天我在我的微信公众号上问了大家一个深夜话题：喜欢一个人的时候，你喜欢怎么做？
在一万条留言里，我最喜欢的一句是来自一个叫Jcm的小朋友，她说：看着他丑陋的脸依旧觉得世界很美好。

可能这就是爱情吧。

有的时候看到一个很美的姑娘，身边有一个看上去不怎么样的男孩。或者一个还不错的男孩，身边有一个不怎么好看的姑娘。

我们总会觉得，是不是对方审美有问题，才会做这样的选择，但其实是这是一个非常主观和应该令人谴责的想法，因为他们或许曾陪伴彼此走过一段不怎么好走的路，而非只在乎对方的外表是否般配，这都不是外人能够理解和评价的。

关于爱情，爱人能够长得好看最好，毕竟大家都喜欢美好的事物，但是更重要的是，不论对方长相如何，他在你眼里是不是做什么都是可爱美好的才是最重要的。

当你看到一个人会觉得整个世界都在发光，像阳光一样耀眼美好，给养万物，看到他做什么都觉得很美好可爱，那么恭喜你，找到了合适的爱情。

毕竟一段关系里，互相仰慕，互相成为彼此眼中的英雄，才能继续走下去。爱情本身就是仰慕，仰慕也是维持爱情的必要条件。

每架飞机上，都会有一个我觉得不错的空姐。
可是飞机的宿命就是从不为你停留。

我是浪子，总有一天也要泊岸。

晚安，你和世界。

歌曲：Ketil Bjørnstad《Fall》

不做男女朋友，我这辈子都不会失去他了。

朋友，不只是朋友

记得曾经有个男孩告诉我："能认识你对我来说已经很好了，不敢想得到更多。到这个位置，是最合理的，希望你能拿我当朋友，我也想让我的朋友认识你。"

"到这个位置，是最合理的。"
我一直记得这句话。

我以前特别喜欢听电台，因为只有靠近某一波段甚至说精准到具体的数字的时候，才能听得清楚。比如我特别爱听家乡广播的FM103.1频道。一到晚上，这个频道总会放好听的音乐，主播也会讲一段故事，也不多，就一段，然后就会接进电话。

有一天，我和闺蜜睡在一起。
那天晚上，闺蜜说有个男孩会在节目里打进电话，说一段话给她听。是她的一个朋友。

到了晚上十点半，电话进来了，我们安静地在听。
主播说，你好，他说，你好。
他说，我想说一段话给我的朋友。在听到这儿的时候，我那笨手笨脚的闺蜜不小心动了旋钮，整个电台都被电波的吱吱啦啦的声音充斥了，只能微弱地辨认出那个男孩的声音，说了什么，根本听不清，我们手忙脚乱地又调了回去，只听见最后一句，来自主播，她说：希望你的朋友能够听见你说的这句话，虽然仍在你的位置上，但愿你们不只是朋友。

那男孩说了什么，到现在，我们仍然都不知道，他却以为她听到了。
他俩一直都是好朋友，男孩也一直没有找女朋友，女孩已经换了两三个男朋友了。他俩关系一直很好。

后来我问过他，他说他很喜欢她，喜欢到不敢越雷池半步。
他说他就像象棋里将帅身边的那个士一样，别的棋子都在冲锋陷阵，而他永远只在自己的小小疆界里守着将帅到最后，永远只在那个位置，不能走出那个区域，也只能斜着走，离她最近，也离她最远。

朋友，但愿我们不只是朋友。
这可能是很多人的心声。

在那个离对方最近的位置，侥幸地看着。
怕多走一步，连原来的那个位置也没有了。
所以将喜欢变成守候，就到这个位置，就已经很知足了。

我之前收到过这样一封邮件，女孩告诉我她喜欢公司的一个男同事，喜欢到有点自卑，觉得那男孩又帅各方面条件都好，她觉得自己配不上他。他俩关系也很好，他却不知道她喜欢他。

她心里很难过，因为她以前从未有过这种心动的感觉，很强烈，就像电台的电波，不在合适的调频，就听得不真切。所以她就以朋友的身份陪在他身边。后来男孩有了女朋友，她就默默地辞了职，她说我的位置永远都会在那儿了，不打扰是我在这个位置上最后一个任务。

现在，她也有了男朋友。男孩偶尔也会找她倾诉，她也会帮他出出主意，时间久了，她对他的喜欢也变成了最好的朋友该有的照顾。

挺好的，不做男女朋友，我这辈子都不会失去他了。
这应该也是很多人想说的吧。

不跨出这一步，就在那个该有的位置上。
甚至比恋人，还要无话不说。

有人说喜欢一个人就要放手一搏。
不，这话不是对所有的人都适用。

放手一搏只适用于两人之间有些许的暧昧关系或者有可能在一起的情况，若是你自己都觉得两人不合适或者没有一丁点希望，那趁早，还是做朋友吧，这样，也不会在表白后被拒绝，不用面对两人关系变得尴尬。

一朵你想得到的花长在土里挺好看的，你非得拔下来，扎了手挨了疼，花死了，你也只有扔掉它了。可惜了，它本能明年再开花给你看的，你拔了，就再也没了。

不是喜欢什么就非要得到。
这世界上你喜欢的东西多了去了，不能样样都是你的。
保持距离，反而你能得到他一辈子。

能不能在一起，彼此是有感觉的，每个人都有感知暧昧的能力。
在不确定你们能走到一起之前，就到你该到的位置吧，这是最合理的。

也说不定，陪伴之后日久生情，最后他看到你了。
可能在那时候，你能得到的时候，反而也不喜欢了呢。

有什么配得上配不上？
喜欢你的人会给你暗号的，没人真傻，除非装傻。
不喜欢你的，你打扮成天仙对方也不会多看你一眼。
所以啊，与其为一个不可能的人伤春悲秋，还不如逛逛吃吃，逍遥快活。

就这么现实。
谁离了谁地球都照样转。
所以，潇洒点活呗。

晚安，你和世界。

歌曲：Dream Koal《We Can't Be Friends》

出门我想做全世界的英雄，回到家我只想做你的孩子。

恭喜你，拥有了看到我丑陋和自私的权利

每个人都有最好的一面，那是给外人看的，不算数。
再好的人也有不好的陋习，百分百完美的人，反而更可怕。

我身边不乏这样的情侣。
当你爱一个人的缺点和陋习的时候，那或许才算真正的爱。

那天在问大家关于你会不会展露你最自私和丑陋的一面给对方的时候，百分之五十的人选择了会，百分之三十的人选择不会，还有百分之二十的人持中立态度，从一开始的绝对不会，到后来的绝对会。

其实不管怎么样，每个人表达爱情的方式不尽相同，但是不管怎么

想啊，这也都是爱。

其中有一条叫大卓的小朋友的评论我特别喜欢，是这样说的：

通常爱情是伴随着你最真实的美好与善良出现的，
伴随着最真实的丑陋与邪恶而消失的。

记得大学的时候，还有很多情侣在刚开始接触的时候，绝对不会将自己不好的一面暴露出来。比如吃饭的时候女孩会不停地擦嘴，怕有东西落在嘴边；说话不敢太大声，不敢带脏字，怕对方会觉得自己像泼妇；总是展现自己温柔的一面，面面俱到。但是你要想想，如果对方喜欢你，那么就不会觉得你的吃相如何，甚至用手为你揩去嘴角的残渣，也是一种让人心动的体贴；大声讲话但有分寸，对方会觉得你性格好，不做作；有时候有点女汉子，坚强一点，他也不会觉得你太矫情。

好和不好是相对的，但是在爱情里却可以彼此融合，彼此转化。
真正爱过的人都应该有这种体会。

你的好和溺爱，如果太久了，很容易成为负担。
但是若是有一点不好，倒也显得你还有些可爱。

毕竟白雪公主也是要拉屎的，不是吗？

我有一个年纪比较大的朋友，是个编辑。他之前说过一句话，他说他老婆很完美，是因为他看到了她的不完美。

清早起床，他最喜欢看老婆迷迷糊糊地放一个屁，然后察觉不对的时候，突然坐起来扇被子去味儿的样子。他觉得她可爱极了，觉得她真美好。

他也喜欢看她坐在充满了阳光的阳台上刮腿毛的样子，那时候他觉得那是真实的她，他们真实地在生活里。

他也看到过在有陌生女人出现想要勾搭他的时候，他的老婆狰狞的嘴脸，他知道她的自私，是因为怕失去他。

当一切难以名状的邪恶和自私念头都被冠以爱的时候，仿佛也都有了最合理的解释。当然，这也是要有一个度的。

聪明的人在爱里都会把小小邪恶加以利用，成为一剂爱情的润滑剂。因为爱情是完美的，我们，却是不完美的，各有各的缺点。

很多性格学分析说，人并不是因为优点而被划分的，而是因为缺点才有了独特的个性。

优秀的人都是一样的，一样的优秀一样的成功，这是我们都想让对方看到的，这是必然的，是我们定会展现给他人的，因为我们想要得到认可。

然而，自私和丑陋的一面，是被我们好好保管的，却是偶然的。
就像突然有客人要到访家中，屋子里乱乱的，我们就把所有的衣服、未整理好的东西都一股脑地扔在衣橱里，然而衣橱的门缝里露出了一块凌乱的衣角。

然后一切都暴露了，你并不像看上去那样美好。
你也有慵懒、自私的一面，突然出现在你生命中的爱人，让你来不及将你不好的一面收好，总会在漫漫的日子里偶然地暴露出来，你那藏了很久的老样子。

你觉得完蛋了，对方一定不会喜欢自己了。
不对啊，若对方连你的小小缺点都无法包容，那么你这爱情也不会长久。
多累啊，如果一个人在爱人面前都不能做真实的自己，那或许是有所企图吧。

有的时候，我的感动点很低。
我有鼻炎，鼻子总不通气，擤鼻涕的鼻涕纸，对方不嫌我脏，一手拿过来帮我扔掉，我就能感动半天。

爱人啊，是港湾啊。
我们带着满船的胜利和可以果腹的吃食抵达对方面前，也不免要修修补补，那些不好的样子，尽在对方眼前。

出门我想做全世界的英雄，回到家我只想做你的孩子。
这种依赖才是信任。

恭喜你，这么完美的我，这么怕别人看到华丽面子下窘迫的我，却给你了看到我丑陋和自私的权利。

我爱你。

晚安，你和世界。

歌曲：Suede《Lazy》

那些别人认为是破烂儿的东西，都被自己好好宝贝着。

那些无意间被发现的礼物，是我的18岁

青春是一坛喝不醉的老酒，
却能在回味的时候醉成狗。

我小时候，大概是初中吧，总是被人欺负，但是我从来不哭，只会盯着那些人看。

一个同学告诉过我这样一句话：越儿，你是一个很酷的女孩，但是你要知道，酷的人也会哭，甚至会比别人流更多的眼泪，眼泪并不一定是往外流的，有的人在烦的时候喝酒，是因为眼泪都流到心里去了。

不禁想到《重庆森林》里，金城武扮演的角色把CALL机别在操场的铁网上，然后去跑步。

因为水分都以汗液的形式流了出来，就不会哭了。

但是那时候总有一个男孩对我特别好，后来，有他在，我就很少被人欺负。
他也经常会在我的抽屉里塞一些零食，还为我买了一双跑鞋，我印象最深的就是我们一起在操场上穿着同样的鞋子跑步，也是他告诉我，想哭了就去跑步吧。

有一次，跑步的时候下雨了，我们跑着去躲雨。浑身湿透的我也分不清眼泪、汗水和雨水了。那是我最酣畅淋漓的青春。

现在它们静静地躺在我家的柜子里。

不知道你们会不会如此，初中也好，高中也好，我们的那些青春时代，总有一份让人印象很深的礼物，深深地埋在我们的心底。
可能送礼物的人我们早已经不再联系了，可是看到那些礼物，就能回到那个时候的自己。

我的卧室里有一个柜子，是专门用来放曾经的礼物的。
因为喜欢鲸鱼，初中的同学送了我一串鲸鱼造型的蓝色风铃，现在已经要生锈了，也很难再能发出清脆的声音。一盒比巴卜泡泡糖贴纸，可以在手上贴画的那种，当时集了好久。几本侦探故事小说，需要用红色的塑料卡片过滤之后才能看到故事的答案，那时候很流行。只剩一只的兔子手套，和闺蜜上课传的字条，洗皱的情书，还有一颗飞行棋大赛奖给我的扭蛋。

那些别人认为是破烂儿的东西，都被自己好好宝贝着。

青春送了我什么呢？
有的时候坐在上班的工位上，收到老朋友发来的同学聚会的消息，再见到他们，就觉得时间也没让大家有什么变化，还是课堂上的那群人，还是那个原色的自己。

青春送我最珍贵的东西，让我保持那个孩子气的我，让我永远有一颗少女心，因此让我的核心记忆球，总有几颗是青春时期快乐的样子。

以前有一个女孩告诉我，她做了一件蠢事。
她说她在看到她男朋友还留着初中时期他的第一个女朋友送他的周杰伦的磁带和贺卡的时候，一气之下把它们全部扔进了垃圾桶。男孩说，没事，扔了吧。

后来她心里特别愧疚。
因为她觉得如果换作自己，可能会非常舍不得。
她深知她的男朋友非常爱她，只不过那些东西都是他青春的印迹，是珍贵的佐证，她扔掉的是他曾经的时间，扔掉的是难以量化的无形的东西。

那时候他或许纯粹且热血，但是扔掉了的，无法复制。

后来她说，她对每个朋友都付出满满真心，却不懂得怎么与人相处。
所以她在改变自己，希望将自己的情绪化一点一点慢慢收好。
当她能对别人的青春感同身受，其实也是一种成长。

毕竟理解和体谅别人，才是真正的付出。
我们最终都会慢慢地长大，变成别人的样子，我们认不出来，或者被曾经的自己唾弃，然而当我们谈及青春，那些美好的日子，让我们又变回自己。

晚安，你和世界。

歌曲：Yo La Tengo《Nowhere Near》

不去相互伤害，

只求彼此亏欠。

爱是彼此亏欠

在“9·11”恐怖袭击事件发生的时候，很多人评论说，是信仰让他们渡过难关。

信仰，在中国可能是一件很淡薄的事情，但是不妨碍每个人都有自己所坚定盼望和热切相信的东西。

这世界上可以信仰的神有很多。

有的人信仰基督教，有的人信仰佛教，有的人是无神论者。

而不论怎样，若心中有一叶扁舟：所谓信仰，是帮人渡过难关的，想得开，就能包容万物，和而不同。

曾去过一次澳门，走在路上就可以看到基督教的传教士，微笑着向我们传递福音，免费发《圣经》给我们。

看到那些银发的传教士一直笑得特别美好，配上澳门那慵懒的日子，觉得他们简直是天使。因他们也相信，福报能让自己死后去天堂。

其实《圣经》我是当作一个读本来看的，其中有一句让我记忆犹新：

“凡事都不可亏欠人。
唯有彼此相爱，要常以为亏欠。”

爱是相互亏欠。

很多情侣之间说了很多遍的话就是：“我已经为你改变很多了。”
我已经为你改变了很多，我们虽然也有各自的喜好，但是后来我们总会变得越来越像，你喜欢看文艺片，我喜欢看悬疑片，但是并不妨碍我陪你一起看文艺书。
我们相爱，然后互相为对方改变，我们就产生了羁绊，产生了亏欠。
我们不需要彼此时常黏着对方，只要你想到我的时候，对我有小小亏欠，就让我时常想为你做得更多，而爱情就是在这样你来我往的牵绊里，和而不同地亏欠着。

有信仰是好事，信仰可以帮助人渡过难关。
而好的爱情就是一种坚定的信仰，能让人积极向上，并且愿意为了彼此去改变。

和你在一起，所以对未来有美好憧憬，因此才会好好地享受现在的生活。

亏欠不是伤害，而是每当你做得多一点，都让我无限感激，所以我也要为你多做一些事情。爱人的人是脆弱的，他们易碎且容易被伤害，究其原因，是因为他们是向对方完全敞开的。

但愿我们相信爱情，
不去相互伤害，只求彼此亏欠。

晚安，你和世界。

歌曲：Easy Mind《Maze of Love》

日子太平淡的时候，老天也会看不下去的。

你是我平淡电影里的一段彩蛋

我的日子每天过来过去没有什么惊喜，
而你的出现就是我平淡日子里的彩蛋。

从小就喜欢不是特别完美的东西。
比如逛商场的时候，在玩偶区，很多女孩都会选择那些特别漂亮的玩偶，它们美好得不切实际，像童话里的人物一样，离我很远。
而我总是在一堆娃娃里，发现那些被店家摆在并不显眼位置的娃娃，它们丑丑的，但是丑得可爱，它们总是因为一些另类的原因被造得那么不完美，但总有我这种“怪咖”去注意到它们。

我总会想想自己的日子，没那么惊艳，清汤寡水。
很多人的日子都是这样。我爱吃刺激的辣，可是日子一天天的也不免平平淡淡。

而这却是我要的生活，百分百完美的日子，我不敢碰。

我会害怕太完美的生活，因为不切实际。

所以当有不错的人出现在我身边的时候，出于对自己的保护，我都会先后退几步。

后来我发现啊，这挺蠢的。

日子太平淡的时候，老天也会看不下去的。

所以才会给你恩赐，让不错的人出现在你的面前啊。

你的日子若是一部没节奏的电影，

他的出现就是一直被人期待的彩蛋啊。

我们很多时刻和朋友对话的常态是：哇，今天有一部好看的电影，我们一起去看吧。对方说好啊好啊，你知道吗？网上看过的人说，这部电影结束后不能立马就走，最后会有特别精彩的彩蛋呢。所以接下来看这部电影的时候，你其实是奔着彩蛋去的。前面的电影无论精彩与否，结局和期待全在彩蛋里。

在我上高中的时候，我总喜欢和朋友在篮球场看帅哥。

小时候喜欢男孩的标准就是会打篮球，学习好还不死学，个子高还得会坏笑。照着这个标准，发现哪有这样的人出现啊，只有《我的少女时代》里的徐太宇符合，那也是人家的少女时代，不是我的。

但是到了这个年纪，遇到一个对我挺好的人吧，我就觉得跟日子里突然出现的开屏彩蛋似的，简直是小小惊喜。

有人说你怎么变俗了。嗯，对，在爱情里，我们不仅俗了，也不酷了。当我们遇见一个让自己俗不可耐的人的时候，我们便乐意对他撒娇。对方那独特的低声呢喃，使得经他手摘下的每一颗梅子，都能让人“意淫”出一整片海洋。

我不能免俗地喜欢着惊喜，抱着少女心等着最后的彩蛋，然后心满意足地完结人生第一场序幕，开始对接下来生活的期待。所以不知道在哪一刻，你走进哪家小馆子，可能吃个包子就能遇见被雨天困住的Mr. Right[1]。

惊喜很多，你要等。

晚安，你和世界。

歌曲：Reimy《Small Happiness》

①指“真命天子”。

化了妆，
等你爱上；等你离开，花了妆。

化妆和花妆，是眼泪的决定

看着我，
我仍然在装扮我的嘴巴，
我仍然在装扮我的眼睛，
我仍然在装扮我的现实，
我也仍然在涂鸦我们之间的事实。

我很喜欢化妆。

从大一的时候，我的学表演的室友教我画眼线开始，再到后来隔壁寝室学戏剧舞台美术的姑娘在我和前男友吵架之后递给我一支眼线笔，告诉我第二天还有拍摄，别让别人看出来你的狼狈，我慢慢爱上了化妆。

有的时候，一支口红可以让我回避我的一切心事；一支眼线笔，就可以让我疲惫无神的眼睛变得有光；一盒眉粉，就能让我变得精致；再去掉脸上的瑕疵，涂上大地色的眼影，我就把充满烦恼的自己覆盖在妆容下面了。

我有一个同学，在高中的时候在我的隔壁班，后来她也考来北京了，现在也刚刚毕业，学的金融管理专业，现在去了银行，在客户部。

她的职业是最常和人打交道的。
她对工作挺拼的，是绝对奉行公司至上的人。
有一次我和她中午一起在国贸那边吃饭，这是她好不容易挤出来的时间。吃饭的时候她跟我聊，她的男朋友劈腿了，她这么努力是因为她男朋友没什么本事，很多平时吃的用的也都是她在买，房租也是她来交，但是他交了新女朋友之后，听她朋友说，这男孩开始狂找工作，接活拼命赚钱，为了让那个女孩不那么累。

她说，每次提起这些的时候都心如刀绞。
“原来不是他没本事，而是不够爱我。”

她只能通过工作来让自己麻木。
我挺心疼她的，也挺气愤的，气愤为什么好姑娘总能遇到渣男。

吃饭结束我们在穿过商场的过道的时候，一直强颜欢笑的她抱着我就哭了。
我摸着她的头说，乖，一切都会好起来的。你这么优秀，以后总会有好男人在你身边的，倒下一个渣的，就有机会看见好的了。
她边点头边哭，穿着高跟鞋的她，我都有点够不着了。

看来再要强的姑娘也都有像小猫的一天。
要强是因为没能遇见让她软弱下来的人。

等她把头从我肩膀上抬起来，她整个妆面都花了。
眼线睫毛膏全都被眼泪抹掉了。

我问她怎么办，下午还得见客户呢。她说没事我带化妆包了，最近我总会时不时想起这事就会哭，所以时刻准备补妆。
我等她从卫生间出来，又是那个光彩照人的女强人，对我笑着说，走吧，宝贝。

化了妆，等你爱上；
等你离开，花了妆。
爱情就是这码事，遇见、分开、说再见。
他来他走，同样的妆容，却是不一样的心情。

在爱情里，女孩们总有一些小小的内心戏。

看着对方的眼睛，脑补一切和他相爱的画面。

化妆，是女人一生的课题，
而爱情却是一不留神的陷阱。

化妆和花妆，是眼泪的决定，但是眼泪的去留，却是自己的决定。
但愿我们都不会因为爱情的眼泪花了妆。

晚安，你和世界。

歌曲：Carinthia《Hidden Paths To Finding》

在爱里我们才不要成为酷酷的人，因为温暖取之不尽。

我们活着的每一天，都是在创造回忆

旧日子是用来挥霍的。
因为也舍得。

过了暗恋的年龄，却也从不敢轻易说出喜欢。

记得在北京的大雪天，看到街头男孩将女孩紧紧地裹在怀里；一家子出来温暖地置办圣诞节的食物；闺蜜之间推推搡搡有说有笑地走过我的身边，让我想起了很多人。

回忆是一座桥，连接过去、现在和未来。
而我们活着的每一天，都是在创造回忆。

每年圣诞节前后，走在街上，看到各个商店已经开始挂上红绿相间的礼物袋和圣诞麋鹿和雪花了，一下子，这种温暖的氛围就出来了。

这一下子就让我回忆到我的高中时期，我有一个女朋友，比我小几个月。
在那个年代，她就特别注意保养，而我就不行。
她护肤都是有步骤的，先拍水，再拍乳，然后是精华，最后是霜。
而我从来都不知道原来还有那么多的讲究。

大大咧咧的我总是买了什么护肤的产品，就跟小时候擦搓脸油似的，一股脑地往脸上一抹，后来我那个朋友告诉我，涂的时候要呈V字形，提拉着涂，否则脸上的肉会塌的。我看看镜子里的自己，哦，原来我脸这么肉塌塌的，可能就是因为吃得多还不提拉保养吧。

圣诞节的时候，她带我出去逛街，教我如何变美，素面朝天的我，第一次知道了美丽的意义。这种温暖的自信，在回忆里从来没有变过，并一直影响着现在的我。

每个姑娘都有变美的权利。
每个姑娘也都想变得很美。

对一个女孩来讲，夸她漂亮和美好，像是冬天的热可可，会让她开心一整天。

有一次我熬了两天夜写文章，第二天我就赶高铁回家了。
顶着黑眼圈，一脸憔悴，胡乱地化了个妆遮了遮，也很难掩盖疲惫。

回到家，妈妈为我做了我最喜欢吃的菜，冒着热气，电视机里放着新闻，厨房里有厨具碰撞的声音，那个在记忆里还是个小狗崽，现在已经变成大狗狗的宝贝趴在我身边撒娇。

那一瞬间，我特别放松。
离家前最珍贵温暖的回忆被一下子唤醒。

很幸运能遇到我的家人，从小到大，我们共同制造回忆，这是我成长的过程，也是他们老去的过程。

我们每天都和很多人擦肩而过，而能成为家人，真是一种实在温暖的缘分。留在自己身边的人，却不知我们有着怎样的羁绊，又会制造怎样的回忆。

我相信，温柔的岁月总会被温暖相待。
回头看看，很多字句都能够唤醒我们的记忆。

有的时候，看到街上的招牌中带着某些人的名字其中的字，我们就能想到一个人；有的时候，一个逛街的时候的小小物件，就能让人想到一件过往的事。

我们活着的每一天都是在制造回忆。

也是这些足够让人留恋的回忆，在日渐冰冷的街头，一点点温暖在城市上空。岁月不曾带走你，而我也还在这里。

在爱里我们才不要成为酷酷的人，

因为温暖取之不尽。

晚安，你和世界。

歌曲：Makiko Hirohashi《My Memory》

片刻的寒暄之后，
我也希望成为你有
血有肉的朋友。

我想我不会再是纸片人

平面上你触碰一下，
就是抚摸我的全部。

以前看过这样一个视频，在冷冰冰的城市里，每个人都是扁平化的，像一个个纸片人在行走，地铁的风来了，纸片人们摇摇欲坠，阳光太热，纸片人们纷纷弯身，身上马上就要着火。公文包也是纸片的，人好像都是从打印机里走出来的。

在这样一个扁平化的城市里，楼宇却仍然是立体的。
毕竟它们没有生命，客观地审视着这些脆弱的人。

在一栋办公楼里，一个男孩爱上了另一栋楼里的办公室的女孩。

他们的两栋楼，隔着玻璃隔着街道，但是可以隐约看到窗边的彼此。两个人每天都在制造擦身而过的机会，在共同会路过的十字路口。但是他们又生怕自己的纸片太锋利，会割破对方。他们就这样一直看着对方，直到有一天男孩拿着一个立体的心形气球出现在女孩面前，周围所有人都停驻了，这是这个城市里唯一一个立体的心。画面里动心的男孩和女孩开始慢慢变得立体。

从平面的感情到变得立体，可能只需要一次心动。

我时常在想，我身边的那些纸张，那些扁平化的东西，它们是否也具备立体的感情。红白机里的那些人物，闪烁着方块的像素，它们在自己的平面上，被锁在屏幕里。

记得看电影《头脑特工队》的时候，我竟然在电影院看哭了。
我们的大脑里这类细胞都在努力地让我们开心，它们忙碌着制造快乐，我们又有什么理由为它们制造阻碍呢?《头脑特工队》里有一个段落，几个大脑里的工作人员，为了让女孩保持快乐，误入让他们扁平化的区域，变成了横着走的人物，而他们要奔跑到出口，变成有血有肉的使命英雄。

如果我想见你，我会拼了命地站起来奔向你。
立体的我，才能更真实。

我们不是童话人物，一滴泪就能将纸上的画变成城堡。

看过安迪·沃霍尔的一幅作品，是在裸体的模特儿身体正面刷上颜料，在纸上翻印出来的。
可那些点点面面，也不能将残缺的性格变得完全。

当你和我只是认识，只是泛泛而谈的朋友，或许我在你心里只是平面的样子。
当你看到我的一切有血有肉的情绪，我才是你立体的朋友。

在爱情里，我也不再想做一个纸片人，笑不露齿，纤细脆弱。
从平面到立体的变化，是我们更近一层的关系。

你好，我想我不会再是纸片人了。
在片刻的寒暄之后，我也希望成为你有血有肉的朋友。

晚安，你和世界。

歌曲：Cotton Jones Basket Ride《I Am the Changer》

烈日之下推一块冰，你就是这么失去我的。

我对你的爱徒劳无功

我对你的爱徒劳无功。

接触过很多人，其中有些人，
他们拥有过一些让人很无奈的前任。
之前听一个人跟我讲过，他对每一任女朋友都很用心，
但是由于对方都特别作，最后都作罢。

有些女孩也是，我大学一个同学，她对一个酷酷的人特别好，男孩很宅，仿佛除了游戏就不食人间烟火，我想这是很多女孩会面临的情况，甚至我之前也遇见过。男孩很爱玩游戏，以至于开了游戏对女孩不管不顾，女孩问他，你能不能少玩点游戏多花点时间陪陪我？男孩回答，玩游戏至少比我出去泡妞强吧。女孩无话可说。

有的时候有些人就是有这些本领，能让你一直迁就着，对方很多无厘头的也并不正确的话，从他不负责任的嘴里说出来甚至竟显得很有道理。

之前听过的最扯淡的一句话就是：你知足吧，你觉得我对你不好，但是我经历了那么多女孩，我对你是最好的。
若是在一个浪子的嘴里听到这些，甚至傻傻的你还会有点感动。

因此很多人为了某些感动的瞬间，
某句感动的话，
某段时间的温柔，
隐忍了对方绝大多数时间的暴虐、不负责任，和对你的毫无顾忌。

不论男女，都默默耕耘着。
对方为你龟裂的土地带来一场雨，
就觉得对方特别好，然而却忽略了这片云很少飘到你生活里。

他只是自顾自地飘着而已。

借口很多，对方以为已经吃定你了，抓住了你爱他的把柄，因此就肆无忌惮，觉得反正你不会走，反正你被我吃准了，我对你的好，总会让你觉得受宠若惊。
在你决定要离开对方的时候，对方才对你哭哭啼啼，各种挽留，但是你去意已决，这时对方才发现，他已经永远地失去了你。

既然我对你的爱徒劳无功，
那你也不配拥有这样的爱情。

烈日之下推一块冰，你就是这么失去我的。

晚安，你和世界。

歌曲：Adultchild《Sad Thing》

这个世界不乏会用套路的人，也不乏会接套路的人。

稍微懂一些人情世故，是对和自己站在统一战线的人最好的尊重

有很多人生的突发时刻，你会临时去见某些人，
带着和照片不同的容貌。

在很多人没有接触过我之前，以为我是一个很难接近的人。
接触过我之后，才发现并不是这样。

记得有一次，我去和朋友一起吃饭，
因为那天出发得太急，我随意套了一件黑色的大衣，
接的长发也因为静电的原因被我随意地绑在了脑袋后面，
随便穿了一条牛仔裤，没有化妆，一脸倦容去赴约。

里面有从没有见过面的师妹，还有没有见过面的师哥。
朋友打扮得大方得体，给人第一印象非常好。
我也很后悔时间仓促也不应该如此不修边幅。

去了之后师妹发出疑问，说这是越姐吗？越姐不是短发吗？
越姐不是很酷吗？可是为什么看起来那么疲倦，性格和照片给我的感觉不太一样。
而我只能顶着一张素颜的肉脸继续吃东西。

那天给了素未谋面过的人很差的第一印象。

还有很多次这样的情况。

每一次我都告诉自己，在素未谋面的人面前，一定要保持自己最好的一面，即使疲倦也要带一支口红或者打个底，而更重要的是不要总熬夜。

结果有很多次，我对自己给人的第一印象都不怎么满意。
可能是因为自己心里明白，坐在面前的这个人有可能以后再也不会有第二次见面的机会，那么这次的机会便成了对你的唯一印象。

我认识一个人，很会经营自己。
她和她的朋友经常抛头露面，和很多有名望的人约饭、约见面，我有的时候觉得挺佩服这些社交达人的，不甘寂寞，其实这也算是一种技能。

很多人，天生适合和人打交道，
而我去认识一个人总有一个心理期限。
初相识的时候在最外环，认识久了，自然而然就越走越近。
我很不会一开始就与人交心，所以身边的朋友没有一个交往时间是低于四年的。

有好有坏吧，看你想要什么了。

这个世界不乏会用套路的人，也不乏会接套路的人。
所以人际关系网才如此平稳和谐，皆大欢喜。

以前觉得单纯就是好，能保持自己不被外界困扰。
但是后来发现不是，稍微世故一点是对别人的尊重。

有些别人需要你保守的秘密，对你的信任和善意的提醒，
稍有世故的人一定会滴水不漏。
但是愚蠢的人会一直将别人对自己的好示人，来显示自己的特别和与众不同。

这不是单纯，单纯是形容孩子的。

成年世界里对于人情世故毫不知晓的人，不能被称作单纯，只能被称作愚蠢。

这个世界接纳懂事的人，不接纳哼哼唧唧的人。
你想啊，同样的辛苦别人能够承受，你不能的时候，
你收获的不是对你的可怜，而是“事儿妈”的印象。

在我没毕业的时候，我实习的单位的上级告诉我，你有能力又单纯。

所谓懂人情世故，不要求你八面玲珑，而是让你学会该怎么扬长避短，怎么保护自己、保护爱自己的人，而又圆滑地远离小人。这是聪明，和单纯并不冲突。小时候你的单纯叫作可爱，长大后，你的单纯让别人很累。

当有人在帮你的时候，你把帮你的人卖了，从此也再没有帮你的人了。
而我也曾被这样的猪队友害过，对方也并非故意，只因为脑子里没弦。

你的幼稚害了自己害了他人，
稍微懂一些人情世故或许是对和自己站在统一战线的人最好的尊重。

晚安，你和世界。

歌曲：UA / 菊地成孔《Ordinary fool》

我可以独自抵挡责难，但一定要和你一起倾听喝彩。

我想和你结婚

想像孩子在母亲的肚子里那般，
蜷缩在你的臂弯里。

说不想结婚那都是假的，
只是因为还没遇见让你想交付一辈子的人。

毕竟婚姻不是儿戏，是奔着一辈子去的。
起点牵起对方的手，终点不是死亡，是永恒。

有一次和一个客户谈合作，约在一个咖啡馆见面。
我本身年纪不大，总想把自己包装得显得年纪很大，这样才觉得谈客户的时候稚嫩不被识破。但是阅历，是融化在谈吐里的，对方不识破，不代表自己就没有露怯。

而那次呢，我对面的客户，是一个三十多岁的已婚男子。

我一直对和比我年纪大的人合作有一种莫名其妙的感觉，有的时候我会害怕自己因为年轻、欠缺社会经验而漏洞百出，而对方便会加以利用，这是一种担心；但是另一方面，对方因为年长而成熟稳重，会让我打消一些华而不实的顾虑，毕竟他们比起一无所有的年轻人，会更有担当。

那天在约定了下午两点见面的时候，我一点五十到了那里，他比我还早到了十分钟，给我的第一印象就很好。在落座的时候，我眼尖地注意到细节，我看到了他左手无名指上的戒指。

出于对父辈戴婚戒的好感，在看见这一细节的时候，我就觉得这个男人一定是一个温厚爱家的男人，而这样的男人，为人也一定和这些细节一样细心。

果然，这次的谈话，我也并没有拘束着自己，对他充满信任，不用故作矜持，毕竟对方的阅历，一眼就可以识破我的涉世未深。但是，我也并没有感觉害怕，因为对方正如我对他的第一印象，沉着稳重，有条不紊。

最后走的时候我跟他握手，我说，戴婚戒的男人真的很有魅力，他说他和他的太太认识十五年了，我听了一阵感动。

事业和爱情，是相辅相成的，家业稳定，事业也必然顺风顺水。

看过一部电影。

一个家庭遭遇了金钱危机，为了让儿子继续学钢琴，男人辗转了许久，终于决定将手指上戴了三十年的婚戒摘下卖掉。

很难。

因为戒指戴了太久，已经要长在手上了。
镜头给了他手指根部那深深的凹陷一个扎心的特写。

然而在吃饭的时候，老婆看见了这一细节，她也摘掉了她的婚戒。
男人不让，女人说，这是一对的，你在我也在。

男人最终没有卖掉戒指，那个凹陷仍然有属于自己的位置。
他们也走过了那段物质危机。

两人在白发时抚摸着对方的手指，故事都陷进发肤，已经不用再多说一句话。

爱情有的时候不是每天一句“我爱你”才能深入日子的纹路的，爱情可能是酱油瓶底的沉淀，可能是冰箱里冻着的手包的饺子，可能是争吵之后躲在屋子里的后悔和揣摩，也可能是用了几十年的窗帘上趴着的一只小瓢虫，可能是一副边缘泛黄的老花镜，也可能是手指上婚戒刻下的岁月印记。

我不仅注重仪式感，更是一个在乎细节的人。

我总是想要和自己最终步入婚姻殿堂的人一直戴着婚戒，这像是一种主权的宣誓一样的占有，是我将自己交付后踏实的贪心。

我在微博上看见好多女孩，晒着那种一人一辈子只能拿身份证送一次的花，她们可以晒很多人。

有的时候我也觉得这些事也都冷暖自知。看韩剧《她很漂亮》的时候，女二美得让人惊艳，追逐者多到她弄错名字，但是她也在看到男主深爱女主的时候心里为自己哀悼。对啊，女人不在乎身边有多少追求者，只在乎有一个人一辈子爱自己一个。

比起数量，永恒才最值得炫耀。

记得有人对我说过这样的话，他说，我可以独自抵挡责难，但一定要和你一起倾听喝彩。
如果是这样，我也同样希望你能做我手指的凹陷，
我也将不离不弃，绕你指柔。

晚安，你和世界。

歌曲：B.B. Kin《Love Me Tender》

7号展厅

上瘾

此刻的胡言乱语，
只为和你搭句讪。

请你不要睡好吗？

有的时候我发现自己越来越依赖手机。

人和人之间的关系也因为手机而变得很近，同时也变得很远，万劫不复地远。

人与人之间的关系脆弱得难以想象。通过微信说，下次我们约吃饭吧，对方说好，然后就没有然后了，彼此看起来很熟，实则见面尴尬。

如果电话没有人接，微信也不回，短信看不见，该用户已关机，一个人就可以彻底消失在另一个人的生活里了。所以这也是异地恋、异国恋不能坚持的原因，如果不能陪着对方，就不要再告白。

微博上看到一段话，写得很棒：

“后来，我遇到过这样一个人，他总会每天缠着我说话，即使我只回几句嗯嗯哦哦的他都不会不理我，但是不知道为什么我就是没办法喜欢他，即使我在他身上看到了曾经的自己。”

想念一个人像买到一束等待受粉的花，老板告诉我把花蕊拔了，我照着做了，所以它隔天就枯萎了，我想你的荷尔蒙飘得满屋子都是，或许我太依赖手机的原因是手机里还有一个只是离开我一秒钟的你。我想你，请你不要睡好吗？

就像此刻的胡言乱语，只为和你搭句讪。

晚安，你和世界。

歌曲：Alex Turner《Glass In The Park》

我不会再联系你了，但不是我决定的，而是你。

从我到你的37句修辞

试着现在写一个完整的句子，
开头是我，结尾是你，看看从我到你之间，我们还需要多少修辞和距离？

或许有些规律是奇怪又扎心的：对于得不到的人，从我到你的距离即便是没有修辞，纯粹是从我到你，就已经是最远的距离。但对于在爱里的人，从我到你之间，反而能写出很长很长的句子。

原来啊，从我到你之间的所有修辞和距离，都取决于你。
虽然主语是我啊，但是动词后面的你，却能让句子反着念也成立。

我爱你，你爱我。

我喜欢你，你喜欢我。
我想你，你想我。

为了能让句子反着念也成立，
我做了很多的努力。

1.
我所有美好的梦想里，最郑重其事却不为人知的一个，是你。

2.
我绕地球三万公里，却不敢迈步走近对面的你。

3.
我会变成更好的自己，再来拥有你。

4.
我喜欢《初恋那件小事》的男主角，因为他长得像你。

5.
我坐在你身后，看反光镜里的你。

6.
我在偷看你是否在偷看我在偷看你。

7.

我想爱你最后却只能祝福你。

8.

我还要遇见几个你。

9.

我会一直陪着你。

10.

我结婚了，也祝福你。

11.

我期待的未来是清晨的豆浆、油条，还有身后在煎蛋的你。

12.

我孤寂的内心打开了一扇门，但只能通过你。

13.

我知道我一定会离开你。

14.

我用钱才能看到你。

15.

我走着走着就变成了你。

16.

我不会再联系你了，但不是我决定的，而是你。

17.

我的烦恼和欢喜全部都是因为你。

18.

我想你要是在的话，我碗里的香菜都给你。

19.

我一直都用你知道或者不知道的方式关注你。

20.

我遇到了很多男人，最后离开都是因为想你。

21.

我荒废的心会一直爱你。

22.

我很酷，不找你。

23.

［我，你）

24.

我的猫很想你。

25.

我走过了地图上的五厘米才遇见了你。

26.

我怀念那个夏天在我怀里的你。

27.

我每次觉得自己今天好漂亮的时候，就特别想要偶遇你。

28.

我所畏惧的莫过于失去你。

29.

我在熬粥，熟了叫你。

30.

我喜欢上你用了二十四天，可却花了二十四年才遇见了你。

31.

我一整夜只翻过了一页书，可是怎么每个字里都是你。

32.

我从未后悔爱过你。

33.

我很不好意思，刚认识你就喜欢你。

34.

我在你走后活成了你，也在这之后才懂得了你。

35.

我竟开始不明白怎样的自己才能配得上你。

36.

我这儿有很多新鲜事要告诉你，以后却再也无法告诉你。

37.

I do/did love you[①].

晚安，你和世界。

歌曲：Bahamas《Time and Time Again》

①译文：我过去和现在都爱着你。

有些题目很简单，
但是能答对的人却
很少。

我以为你会比别人更懂我

我曾经工作的部门，叫作市场部。

我刚进公司的时候，总监告诉我，小越，你把咱们市场部的这60多个人都加上微信好友吧，尽快通过他们熟悉一下工作，认识认识。我说好，我尽快融入环境。

当我晚上回到家的时候，我挨个加了他们。
令我震惊的是，60多个人里面，只有三个男孩，其他的全部都是姑娘。
这种男女失衡的比例，我以为只会在我们艺术类学校出现，没有想到，在职场也是一样，女孩子们活得越来越像个男人。

在我辞职的那一天，一个女孩私底下跟我聊天，她说不当同事的时候，才敢和我抱怨工作的辛苦，但是现在做什么不辛苦呢。她说，她和男朋友已经很久都没见面了，因为是异地，各自忙着各自的工作。有的时候，她觉得，她的男朋友已经越来越不了解她了，反倒不如身边的同事对她了解更多。但是她又很爱她男朋友，于是就这样维持异地恋的关系。

在毕业之后，我发现身边不乏这样的女孩。
和她们聊天的时候，感觉她们一个比一个要强，工作上的独立自主，让她们实现了社会价值，却让她们丧失了原本的温柔，在感情上终究也变成了大大咧咧的糙汉子。

是什么让一个女孩变成了一个女强人，我想她们更需要周围的人去了解她们心里在想什么，因为每个人都有无法言说的苦衷。

看过《穿普拉达的女王》这部电影之后，我考虑了很多。
女魔头在媒体前耀眼美丽，十分强势。
然而褪尽铅华，她衰老地戴着眼镜坐在沙发上，向助理交代着接下来的行程，其中包括孩子的抚养和一纸离婚书。

然而最终安妮·海瑟薇扮演的角色放弃了事业，选择了爱情。
我们可以说这是一个选择，然而S. H. E的成员Selina也和她的老公离了婚，这也是一个选择。

在她发布的公告里，我印象很深的一句话是："曾经爱情是我生活的全部，然而现在我的想法变了，我的生活不希望只被爱情占据，我也要做我自己喜欢的事情。"这是一个很成熟的决定，也显得很温和。朋友在微博上让我看的一个动图，Selina站起来的时候，闺蜜怕她摔倒赶紧帮她提着裙子，而老公却只是站在一边鼓掌。

女人的想法始终海底针，能懂我们的心的，
或许是我们的闺蜜，也或许是我们的另一半。

但是不管怎样，那些将爱情视为全部的女孩啊，
她们的想法始终是"我以为你会比别人更懂我"。

了解你的人总会和你契合度特别高，
所以我总爱做这种测试。

有的时候我总会在朋友圈转发自己出的问题，有的时候发现和我平时不怎么联系的老朋友反而能百分百全部答对，现在经常聊天的朋友却不一定完全了解自己。

有些题目很简单，但是能答对的人却很少，
因为毕竟不是所有的人都能懂你在想什么。

你以为懂你的人，不一定都在身边。

懂你的，反而可能是那个不常和你说话但是时刻注意你的人。

晚安，你和世界。

歌曲：The Velvet Underground《I'll Be Your Mirror》

想成功俘虏喜欢的人，首先要成为美好的自己。

100种说我爱你的方式

关于表达我爱你，
每个人都有自己的方式。

有的人用嘴巴，
说一两句特别煽情的话，
便能感动对方。

有的人用钱，
一个520元的红包，
就能满足一个女孩的小小虚荣。

有的人不说话，

去为对方做一顿饭，
桌子上摆满了对方平时最爱吃的东西。
即使他平时笨手笨脚，
可为了对方慢慢学习做饭。

1.
100种说我爱你的方式，
第一种就是忍让。

我见过很多情侣，
总是能为一些很小的事情吵得不可开交。
双方都像是战场上的两方敌手，
谁都不让谁。

但是时间久了，
两个人的矛和盾都已经被磨得差不多了，
所以就都卸下铠甲，
坐在爱情的战场上谈心。

不如我们讲和吧，
可是谁先举白旗又是一个问题。

这不是让爱情继续走下去的好方法，

爱情需要互相忍让。

2.

第二种说我爱你的方式，

就是包容。

我发现我身边的很多情侣，

能够相处下来，

大多数的情况是：

两个人是互补的。

她喜欢说话，

他就喜欢听她说；

她喜欢吃白菜叶，

他就喜欢吃白菜梗；

她的饭量小，

他就帮她吃掉多余的米饭；

她害怕什么，

他就不害怕什么。

这样相爱着，

直到离不开对方。

3.

第三种我爱你的方式，
是让你快乐。

没有什么比让对方快乐，
更耐人寻味的了。

爱情不是鹬蚌相争，
争吵只会两败俱伤。

我们谈恋爱，
谈的不是烦恼，
而是将对方的烦恼拿过来，
两个人扛，
这样可能会轻松一些。

那么，快乐，
也是需要两人一起分享的。

忧愁分一半，就会变少。
快乐分一半，就会变成两倍。

这就是爱的意义。

4.
第四种我爱你的方式，
是给你自由。

这是一种深沉的爱，
充满了自信和信任。

往往对方也不会让自己失望。
反而处处坦诚。

爱情是需要诚恳和信赖的。
我爱你，
所以我才放心地让你爱我。

没有束缚。
因为能被抢走的爱人，
也不算爱人。

5.
第五种我爱你的方式，
是做你的家人。

关心和照顾成为首要任务。

陪伴成为最长情的告白。

见不到对方的时候，
想让时间过得快一点，
但是见到对方之后，
却想让日子慢点过，
怕一辈子都不够用。

6.
爱你的方式其实不止100种，
数到第五种我就已经觉得甜蜜。

但是不管用什么方式表达爱，
最重要的一种爱你的方式，
其实是，为了你，成为更好的自己。

我认识一个姑娘，
是我的高中邻班同学。

她喜欢一个男孩，从高中追到现在，
几天前突然在朋友圈秀恩爱说追到了。

这几年，她觉得自己身材不好，

从150斤减到现在的98斤；

这几年，她觉得自己不美，
每天坚持练瑜伽，研究如何护肤，并且早睡早起；

这几年，她觉得自己有点土，
买了好多杂志学穿衣；

这几年，她觉得自己不够有气质，
学习语言，多看书和电影；

这几年，她将自己从一个灰姑娘，
进化成了一个女神，

只为向更好的自己一步步靠近。

而当我成为最好的自己，
那就是我为了爱你，
而做的，最好的事。

想成功俘虏喜欢的人，首先要成为美好的自己。

当这个世界是一个看脸的世界，

那就别让脸成为制约美好自己的羁绊。

不论明天是不是情人节，今天晚上都应该早早睡觉，
第二天化一个美美的妆，去见自己想见的人。

愿明天，你们都能得到自己想要得到的人。

晚安，你和世界。

歌曲：Arco《Distant Lies》

爱人的人是最好欺负的，被爱的人是最没记性的。

世界那么大，想到没你的地方去躲躲

可能是由于睡得太晚又起得很早，
记忆力大不如从前。
想要记得什么事情，都要拿手机备忘录记来下。
或者随手准备一个本子，记在日程上。

你和一些人在一起说的话，一些细节，
像被突然断电的电脑没有保存资料一样。
别人问你还记得吗，你还记得吗？
“没有，我已经不记得了，我不记得我说过什么。”

但是有很多东西是不用记也忘不了的。
人很容易软弱，是因为念旧情。

只要你有一次对我好，
那你十次对我不好我都可以忽略不计。
看不得你哭，看不得你道歉，
很奇怪，即使是你做错了事情，
想想我们足以想念和微笑的日子，我就能原谅。

爱人的人是最好欺负的，
被爱的人是最没记性的。

当我们打心眼想离开一个人的时候，
很奇怪，你能想到的都是你们的好日子，
你们曾经的好时光，你们有多快乐，
那些坏日子就和失忆一样消失。

恋人是很奇怪的物种，
曾经能有多亲密，
结束的时候就能有多无情。

有没有一个城市，是你想离开的？

有人说，如果我和你分开了，
我就离开那个城市，
我待不下去了，

什么都能想到你，
哪里都有你。

你在我脑子里，
和你在一起的日子像是出了一场车祸，
而你的离开让我像被截掉一条腿一样。
我产生幻觉，觉得那条腿还在，
然后我仍然告诉自己起来，向前走，
结果重重地摔在地上。

精神车祸里，你就是我的幻肢，
需要时间告诉我，你确实离去了，
我身体的一部分彻底没了。

我平时的坏记性去哪儿了呢？
物是人非的景色里，我多想忘了你。

世界那么大，
我想到没你的地方，去躲躲。

晚安，你和世界。

歌曲：Summer Heart《I Wanted You To Stay On The Other Side》

首先是疼痛，然后才是欢乐。

我该如何爱你

1.

我该如何爱你？这个事情我到现在都一直不知道该怎么回答。将对你的喜欢量化，这就好像是从另一颗星星奔跑到地球见你的光，我们相隔遥远，但为了看到你的眼睛亮起来的那一分钟，我也会试着努力一下。

艺术家的爱情尤其热烈。关于凡·高的一个故事：凡·高和高更一起出去游玩，遇见两个特别聊得来的少女，其中的一个女孩凡·高特别喜欢，于是和其开始往来，并且坠入爱河。他太爱这个女孩了，以至于不知道该如何去爱她。他问她，你有什么想要的东西吗？女孩笑着拽了拽他的左耳，说，我想要这个。于是他回去对着镜子剪掉了他的耳朵，不知道该如何送给她，于是他就拿了她送的手绢，然后包好给她。女孩看到这份礼物，就决定不再与其往来。我该如何爱你？即使你想要我身体的一部分，我也都会把它交给你。但是可能常人都会被惊吓，但是爱一个人，我们到底该如何付出呢？WHEN I WATCH YOU, I'LL BE A PSYCHO，当我爱你之时，我就成为一个疯子，别人看我疯，而只有我自己知道，我有多想将自己全身心都投入你。

由阿基·考里斯马基导演执导的电影《波西米亚生活》，讲了一个作家、一个音乐家和一个画家三人的相遇，其中我印象很深的一个桥段就是，画家爱上了一个女孩，但是那时候，是巴黎最贫困的时刻，整个城市都找不到安放才华的地方。画家有一只狗，他和它相依为命，直到遇到那个女孩。他是一个温柔的男人，非常重视自己的作品。他写诗、作画，但是当一个冬天，女孩坐在他家的壁炉旁边的时候，她说好冷。在这个寒冷的无钱买柴的冬季，他将他自己写的那一本本的诗集烧掉来为女孩取暖。“这样感觉暖和一些了吗？”他问。

当我们爱一个人的时候，我们都是疯子。

2.

凡·高也写诗。他的诗很好，不知道是不是所有的画家都具备成为一个诗人的细胞，总之凡·高是这样的。

他写道：每个人心里都有一团火，路过的人只看到烟，但总有一个人，总有那么一个人能看到这团火，然后走过来，陪我一起。我带着我的热情，我的冷漠，我的狂暴，我的温和，以及对爱情毫无理由的相信，走得上气不接下气，我结结巴巴地对她说，你叫什么名字？从“你叫什么名字”开始，后来，有了一切。

于是拥有悲伤，似乎就拥有了一切创作的源泉。

他说：当我画一个太阳，我希望人们感觉它在以惊人的速度旋转，正在发出骇人的光热巨浪。当我画一片麦田，我希望人们感觉到麦子正朝着它们最后的成熟和绽放努力。当我画一棵苹果树，我希望人们能感觉到苹果里面的果汁正把苹果皮撑开，果核中的种子正在为结出果实奋进。当我画一个男人，我就要画出他滔滔的一生。

于是在创作麦田的时候，凡·高其实已经画了三幅以上这样的大油画，画不安的天空下大片延伸的麦田。凡·高告诉他身边的人，他并不需要故意表达凄凉与极端孤独的心情。“我希望你能够马上看到这些画。我认为这些画能够把我无法用言语表达的告诉你。把我在乡下见到的生机勃勃的景象告诉你。”

我只是想在看到美好景色的时候，把这份高兴的心情也告诉你，我也希望你能和我一样高兴。然而对方，我们喜欢之人，他们并不一定能够理解我们的想法，理解我们想带给他们的，那些可能是最简单的快乐。

3.

我在摩洛哥深度玩了二十天。当我在星空下骑着骆驼走进撒哈拉沙漠，月光将骆驼的影子投掷在沙漠里，微微的雨水过后，云朵大片地在视野中散开，露出银河星空。我躺在撒哈拉的风里，沙漠的流动像圣水一样在脚底发光。我躺在沙漠里，看着星空，仿佛多看一眼它都能将我吸进去，那一刻我似乎明白了凡·高眼里的星空，明白了他说“当我在看星空的时候，我就会做梦。我梦见了画，然后画出了梦。”这句话是多么让我感同身受。

斗转星移，我看见大片大片的麦田，看见了炽热的向日葵，看见了高山丘陵和沙漠，看见了遥远却令人动容的雪山。当我爱你，便是太阳的光，所有的颜色都浓烈了起来，但是你不懂，所以我该拿什么去爱你呢？我想让你知道这种感受。

所以正如凡·高所说，创造美好的代价是努力、失望以及毅力。

首先是疼痛，然后才是欢乐。

晚安，你和世界。

歌曲：Sara K.《Vincent》

因为睡不着，所以睡不着。

你是我眼中行走的荷尔蒙

1.
你的真话都在谎话里，
你的谎话都在风里，
我听不见风，
只能读你的唇语，
读我自己的“意淫”，
意外读出了我爱你。

惊喜之余，
竟不能确定，
这爱是在风里还是在你的谎话里。

2.

我对于触感有独特的执念，
这仿佛是敏感的人的特权。

当我表达对一个人的好感和接纳的时候，我喜欢挽起对方的手臂，暗示对方，你已经在我的安全线范围内了。

对于一个不太想接触的人，我也很招人烦地选择冷淡或者不接话。
你看，和自己有缘的人，并不是那么容易遇到的。
更何况肌肤之亲。

我很不赞成无爱之性，不知道是不是因为是巨蟹座。
我仔细地去看了身边的很多人，大部分是这样的：
他们嘴上越黄，其实越没性生活。
反而那些闷着头傻笑的，倒是释放得很欢。

当一个人说着我要去睡我喜欢的人的时候，往往只是豪言壮语。
然而成功永远属于马上行动的人。
而更多的人祝愿着，
未来的老公，请某一个姑娘善待他；未来的“果儿”，也麻烦你少走点弯路。

3.

肉体是最美好的执念。

是最后一步关于爱的砝码。

当我爱一个人，对方在我眼里才能成为行走的荷尔蒙。

我想去触碰对方，就像偷吃坚果的浣熊，一点点靠近。

我有一个不常联系的朋友，记得她大一的时候跟我说，她因为家里长辈的聚会，居然碰上了她前男友。吃饭的时候他们两个坐在一起，他离她很近，很尴尬，那只拿筷子的右手上戴着的明显是和新女朋友的情侣手链。她下意识地伸手过去想摸一下，男孩第一时间就闪开了手，她的手尴尬地停在半空，僵硬地缩了回来。

想到了娄烨的一部短片，叫作《花》。

我不觉得特别好看，很压抑，但是很真实。

女人企图用身体来挽留男人，然而男人已经不爱她了，连碰她一下都觉得厌恶。

反之亦然，男女通用。

4.

因为想你，

所以想睡你。

因为睡不着，

所以睡不着。

晚安，你和世界。

歌曲：Norah Jones《Turn Me On》

这世上人很多，人的轨迹也很多。

人来人走，都不过是在酒局上红一次眼睛

1.

很早之前看到哥哥和梅艳芳在红馆的最后一次合作的视频。

他们唱《芳华绝代》。

“天生我高贵艳丽到底……收你做我的迷。”

感叹那时候的歌词写得可真好。

一场表演结束了之后，梅艳芳拥抱了张国荣，她说哥哥是我在娱乐圈里唯一的朋友。

然后他们就唱了这首歌。

在现场，哥哥开口唱了第一句的时候全场就安静了，好像只有他们

两个人，互相看着，唱着：

没有一声再见，没有半声嗟怨。
淡淡去但无言，过去终于过去。
留下了当初一切在怀念。

而那时候，梅艳芳已经得了癌症，张国荣也病情加重。
他们唱着，你我相隔多么远，哪年哪天可相见，那处景可会改变。

就想到《胭脂扣》里的场景，梅艳芳、张国荣，风华绝代。

2.
想到大年初一收到的一则微博私信，很简短。

一个姑娘说，不知道该对谁说，便对越哥说，看到也不必回复她。

她说，她在去年的大年初一和她男朋友分手了，在鞭炮放得正震耳欲聋的时候，在烟花正好在天空炸开的时候，他打电话说的分手。
理由是无法坚持异地恋，怕耽误这个女孩。
他们相恋八年，五年在异地。而男孩仍然一无所有且态度坚决。
女孩说好。
今年初一的时候她偷偷地看了这男孩的微博，发现他们同时坐在各自的电视机前一起吐槽春晚。

她觉得很有意思，没了缘分她这一年也已经走过，他们约好要一起去的地方、要做的事，八年了，也没有去成没有做成。很多人以后都会和新的人做新的约定。但是此刻无数没有交集的人没有约好却坐在电视机前跟约好了一样，一起在看电视，吐槽内容，同仇敌忾。

我也觉得她说得很有意思。毕竟热闹之后是空虚，是继续沿着轨道走。
但这世上人很多，人的轨迹也很多。
有喜就有忧，即便是过年，热闹背后也有无奈，无奈之后又要打起精神继续生活。

3.
刚开始写东西的时候，看到有人取关，总是很难过。
但是后来也不太在乎这些了，和生活一样，有人来就要有人走，都是缘分。
能遇见是缘分，分开就是缘分到头了，没什么好强求的。

人来人走，不过是在酒局上红一次眼睛。

爱你的人是走不了的，能留下的就好好珍惜。

晚安，你和世界。

歌曲：Jennifer Warnes《And So It Goes》

爱，
可以激发身体里一
切未知的力量。

或许童话需要用另一种方式来讲了

很多童话都是讲给大人听的。
我们所了解的童话，结局都是幸福美满的。
但是生活的某些温馨片段，就像一段童话。
但人生起伏，总有荆棘需要我们去冒险。

我的一个闺蜜，之前也给你们提起过多次了，她是一个非常幸福的女孩。

从刚上大学的时候就可以看得出来，她的爸爸非常宠爱她，什么都不让她去做，也不让她受一点委屈，简直就是爸爸的小公主。刚上大学那会儿，她和妈妈坐在床上，她的爸爸非常利索地把她的柜子还有床铺都整理好，贴上壁纸，还细心地问她想吃什么，到楼下买了吃的和生活用品。毕业典礼上，她和爸妈一起走的红毯，她爸拿着相机，全程跟拍女儿，平时她爸也会给她拍很多好看的照片，受了委屈，她第一时间给爸爸打电话哭诉，每次她和爸爸打电话她立马都会变一个人，声音像个刚上幼儿园的孩子，跟妈妈打电话就是正常的声音，跟爸爸有撒不完的娇。

有一次，她跟我说，我爸应该是我上辈子的情人，有的时候对我好到我妈都吃醋。

世界上对我最好的男人找了我的妈妈了，我觉得我很难找到一个像我爸一样对我那么好的男朋友。

即使以后再找男朋友，其实我的要求可能都会很高，没有一个人能超越爸爸。

和爸爸在一起，她的整个世界都被保护了起来。

某一天和一帮朋友在群里聊天，有个女孩说她家并没有多少钱，但是她爸妈很爱她，从来没有让她缺过钱花，她说："我还任性地想要出国，爸妈也从来没有说过什么。他们尽力去给我最好的东西，只要我有一点想要的表情。"

然而你们可能不知道，其实那天我们在比谁更惨，比完之后这个女孩发现自己如此幸福。

有人失去了母亲，父亲对她不管不问，她和姥姥、姥爷一起生活。有人父母离了婚，一切开支都是母亲这边舅舅和姥姥提供，一直到他成为一名作家、出了书，经济上的困难才有所化解。

其实看了大家的故事我领悟到，每个人的身上都背负着或许并不符合这个年龄的成熟和故事。之所以大家都仍然积极地面对生活的苦，其实是因为身边仍然有一直爱我们的人，童话故事或许要用另一种方式来讲了，我们小的时候，都相信我们的核心记忆球是快乐的，但是，生活的难在于，我们每个人都不能只看到童话的美好，或者说童话之所以美好，是因为我们一路披荆斩棘，才会苦尽甘来。你看吴奇隆曾经背负了父亲欠下的一千多万债，用了十二年才还清，之后又面临离婚。但是在刘诗诗面前却说“我会听话的”，四十多岁的大男人俨然成了一个小男孩。在爱情的童话里，男女都一样，都会回归一颗童心。

而我们其实都处在童话之中。
只是有些人的路多了很多冒险，有些人的路却相对平坦，
但是到最后，都会是最好的结果。

前段时间在微博上看到一个视频，是讲一个女孩的男朋友被吸进了像素世界，变得很坏，之后女孩经过很多次Game Over[①]，一次次不

①游戏结束。

放弃地把男孩解救出来，她有各种死法，但是一次次重生都是为了解救对方，然而他也曾待她像待一个童话里的女孩。有的时候爱的力量很强大，你以为自己很脆弱，但是为了你所爱的人，你可以变得很强，这是你自己都无法预估的能量。

那如果在童话里换一种方式去讲呢，假如你失去了保护，爱你的人遇到了危险，那时候你会发现原来自己的能量那么强，原来自己并不再是在他们保护下的那个娇滴滴的孩子。
爱，可以激发身体里一切未知的力量，只是为了自己爱的人能一切顺遂。
于是在某一刻，我们便开始保护他们。

童话让我们的人生有了另外一种选择，
让我们成为勇敢的人，去保护我们所爱。

而我们总是在一瞬间长成大人。

晚安，你和世界。

歌曲：Park Hye Kyung《Reality》

愿我们自信又有野心，沉稳又疯狂。

在未来等我，我很快就来

去参加一个朋友之间的聚会。
组局的人喊了很多他的朋友，他的朋友又喊了很多自己的朋友过去，最后变成一个很大的局。

就在那次聚会上，我认识了一个编辑，摩羯座。
摩羯座对事业和爱情都很重视，基于我对摩羯座的好感，我跟他聊了聊。

这个编辑是1985年的，三十出头的年纪，已经是一双儿女的爸爸。
其实了解摩羯的人应该知道有的时候摩羯会特别理性，他们会在人生规划上做出一些很果断的抉择。他在毕业那年和老婆结了婚，他们同级但是不同学校，在大二实习的时候认识的。他说爱情是顺其自然的，不需要规划，但是在事业上，他每年都会对自己做一个规划，每年的年初他都把这一年的计划写成一封信夹在书里，在这年的年末打开，每次都会发现他这年所做的，比年初的期许总要快很多达标。他说了一句话我印象特别深，就这样每年都快一点，在我今年31岁的时候，很多事情都提早完成了。

那天他的老婆也在现场，跟我们讲他作为新好丈夫的一面。也震惊于原来很多时候，别人的成功是在规划上就快我们一步的，我们着急忙慌地去追赶的时候，别人已经云淡风轻地喝着咖啡在等待了。

她讲他平日里在报社里供稿，每天仍然有时间陪她和孩子聊聊天说说话，每天的晚安时间都令人心醉。他自己运营的公众号也需要每天更新，他每天早晨五点整准时起床，更新公众号到七点，然后开始听新闻，给孩子们做早饭，给老婆一个吻，每天如此。他那天说，这种习惯让他每天都比别人快两小时，日积月累，不知心态又好过别人多少。

很多时候，我以为快人一步很难，
因为给自己太多的借口和说辞，为自己的懒惰找借口。
殊不知在自己睡懒觉的时候，别人已经在忙更有意义的事情了。
慵懒的生活并不意味着懒惰，而是快人一步去规划，让任何事情都显得格外松快有弹性。

我妈有一个朋友，今年刚刚35岁。
同样，她也一直是一个有规划的人。

快人一步的人总有更大的选择空间，也能比同龄人活得更年轻。
因为这种选择给予其更广阔的前方，很少会有壁垒阻碍在他们的面前，恰恰因为快所以才前途开阔而无边界，有更多的机会和方向。

她的人生规划很清晰。大学考进了北京服装学院，在初中她爱上设计之后，立马去学习了绘画；之后去米兰游学两年，回来经营自己的服装品牌，风格简单优雅，和她的人一样；而后结婚，老公大她五岁，事业有成，婚姻也和事业一样顺风顺水。

她给我优雅的感觉，大部分在于她给自己留出了很多可发挥的空间。对任何机会的气息都能比别人更快一步嗅到，因为早到一步，所以便无边界、无阻碍地施展自己的能力。

她眼光长远，从不局限于眼前的蝇头小利。
五年前她在北京五道营开了一家咖啡馆，那时候房租一个月五千，她看准地段，签了五年，现在房租两万多，她稳赚不赔。与此同时她也在很多领域把眼光放得十分长远，在30开始的年纪就为之前的野心和之后的稳定找到了起承转合的支点。

有的时候我们给自己施加阻碍，不能大施拳脚，究其原因，可能就是我们没能快人一步，所以也得不到无边界的空间去发展，或者至少让我们能折腾得开。

如果你是一个有规划的人，
那么你会感到自己的生活会过得像滴了油的轴承，
没有什么可以卡壳的地方。

一切疯狂的和勇敢的挥霍都是我们在年轻的时候做的新鲜的尝试。

当我们赚了第一桶金也失去第一桶金，
却积累了很难得的经验，表面看是受了局促和限制，
但是实则让自己的根基更加稳定。

一切在当下难以逾越的山丘，
翻过去便连着万千山丘，视野广阔，毫无边界。

记得在我大三升大四的那一年，我刚毕业的师姐马佳佳，就在我们学校门口开了一家很阳光的情趣用品店，就在我们学校后面那条并不起眼的小街上，你说她是为了在当下就赚到钱吗？根本不可能，因为她的眼光从来没有边界，她从一开始就在下一盘很大的棋。直到现在她把店开到三里屯，也成为企业家，一次次地提升自己的高度，边界也会越来越远。

最容易挥霍时间的事情往往发生在头破血流的尝试后，
那些重要的决定都在屡次碰壁、收获经验后发生了。

一切酝酿和积累都是为了提高效率，
也是为了让你在每个年龄层次提升自己的段位。

一个人的30岁，其实应该兼具20岁的疯狂和40岁的野心，前十年你已经甩下了很多对手，而成功也在高效率的规划中像蝴蝶效应一样拍打到未来。

愿我们都能打破时间的束缚，
自信又有野心，沉稳又疯狂。

晚安，你和世界。

歌曲：Garden City Movement《Move On》

花开了，
不是当年的
那一朵。

重新进入我的城市

前一段时间，和朋友一起出去吃饭。
他是北京人，一家子也都是“老北京”。

一路上他开着车，过了一个个地标，就一路回忆说，很早以前家里开的是一辆小夏利，那时候北京车牌还不需要摇号，买了车就给上牌子。他说现在他的号摇了三年了，但是还没摇上。就像《阳光灿烂的日子》里一样，他小时候生活在大院儿，和小伙伴们拿长竿钩子摘香椿，到双秀公园捞蝌蚪，街上都是骑着二八自行车的人，不堵车，天蓝水清。

我的学校在北京的东五环，他那天去接我的时候，要经过朝阳大悦城。他跟我说，妈妈的一个亲戚住在双桥，往东走一路都是菜地、庄稼地，现在都建成这样了，可能最认不清北京哪儿是哪儿的就是北京当地人了。当他在西直门开车绕了三圈才下桥的时候，他说想重走一遍小时候放学的路，但已经实现不了了。人，不能重新进入一个城市第二次。

记得《胭脂扣》里，梅艳芳饰演的女子如花旧情未了，死去几十年后还阳寻找张国荣饰演的恋人。
在一处高架桥那里迷了路，她找到了警察，说，那座雕花的楼怎么不见了，她站在高架桥上向下看，一辆车却吓到了她。

这就像我在大学四年之后回到老家，发现何止四年，每一年的变化都令人难以置信。
我上小学的那条街，离我家很近，我走路上学，总数着步数。
大概需要八分钟，大步行走，需要走一千八百九十步。

前不久开始，我试着走一走去学校的老路。
走到第一千八百九十步的时候，抬头看到了我的母校，我已经不认识这座新盖的学校了。

不知道你们有没有这样的体会：
在梦里经常会回到曾待过的老地方，可现实却身在异地。
这座小学对我来说就是这样，我总梦见楼梯的拐角。下雨了，体育课移到室内，我在台阶上做蹲起，那天我忘了带伞，老师说，赵越，你爷爷给你送伞来了。

再次走进去，楼还是那栋楼，但是全部重新装修了，连地面都变得不一样了，爷爷也已去世多年。
走廊，拐角，天花板，花园，操场，朗诵的声音……一切都换了新的，却带着旧的记忆，像是旧回忆外套上了一层新楼的壳。然而，我们并不能第二次进入同一个地方，即使仍然用了一千八百九十步。

《十分钟，年华老去》里，陈凯歌的那段《百花深处》，冯远征在一处拆了的胡同群里，搬着他那空气花瓶、沉香木柜子。那条路虽然拆了，但是人心里自然有路。对于一座城，我们总是充满回忆，原来这儿有什么，那儿有什么，这边有个狮子像，那边路口环岛有个熊猫雕塑，十字路口那儿有个老商场，姥姥总带着咱们买纯棉的衣服还有的确良的裤子。

冯唐的《冯唐诗百首》里，有一句让我特别有感触。
他写，可遇不可求的事：后海有树的院子，夏代有工的玉，此时此刻的云，二十来岁的你。
一下子就感觉到现在的雨，滴在了十年前上学时候的自己的头发上。往心里去，潮湿的岁月。

我们应该都有这种感觉，我们的城市，每天都有变化，小到小摊上水果摆放的位置，大到一栋楼取代另一栋楼，一切都不一样，陌生人的眼神，云随风飘动的方向，花开了，不是当年的那一朵。就像小时候爱拿放大镜观察蚂蚁一样，我们每天都能注意到城市的微妙变化，这叫探索。

一家店开了，一家商场关门了，
那个人还是那个过去的样子吗？
你自己是不是又换了脸孔？

关于人情冷暖，城市变更，走出门，就是户外。
我们不能同时踏入同一条河流，也不会进入同一座城市。

甚至，也不能再次参与一个人的生活。

晚安，你和世界。

歌曲：Deerhunter《Agoraphobia》

独处的时候，
一颗巧克力就能让
我快乐。

给你买一盒巧克力，每天还我一点

你们是在什么时候得到自己第一盒巧克力的呢？

我是一个特别爱吃巧克力的人。
我人生中得到属于自己的第一份巧克力，是在我五岁的时候。

我从刚出生的过冬的衣服，还有小时候慢慢长大之后身上穿的毛衣，都是妈妈织的。
和现在自己买的衣服相比，妈妈织的毛衣在记忆里总让人觉得特别温暖。

妈妈也是一个挺爱吃巧克力的人。在我五岁那年，妈妈用她的手艺——用了两个多月的时间钩的两米见方的一块镂空的花样挂毯，送给了她的好朋友，朋友出国带了一盒巧克力，作为交换，送给了我。

一开始我不知道这是什么，拿在手里的时候，巧克力在两个手指之间，慢慢融化成巧克力酱。我生怕它会掉在地上，立马塞到了嘴巴里，像是一种神奇的化学反应，我感到一种唇齿相依的依赖和满足，整个人都变得非常开心，最后我吮了一下手指，像完成了一次神奇的仪式一样。

这是我第一次感受到这种奇妙甜腻的美味，
以后就经常缠着妈妈买。

我们吃过很多次美食，但是每一次都会具备独特的含义。
它们是属于自己的第一份礼物，第一次心动的感觉，和曾经吃过的味道也有所不同。

每一口的味道，都有新的意义。

我得到的真正作为恋爱的第一份礼物，是来自初恋的一盒巧克力。

我们学校在那时，是有晨跑的。
记得那时候“非典”正在肆虐，学校的老师安排我们每个人都要强身健体，每天早晨要到操场跑步，做早操，然后再回去上早自习。

所有的人都去跑步了，教室里没有一个人，所以我不知道对方是怎么进到教室里的。
而且教室的门在出门前由生活委员统一锁上，可能唯一的破绽就是窗户了吧，因为要通风。

我参加完学校早操晨跑得满头大汗之后，
意外地在课桌的抽屉里收到了一封情书和一盒巧克力。

上面写着：

“我是五班的王××，我很喜欢你，但是你可能不知道。我很喜欢吃巧克力，因为每次考试失败之后，我总会挨骂，但是每次吃了它，我就会很开心。我观察你很久了，但是你学习很好，我学习没那么好，但是感觉你因为学习好，反而压力很大。如果我们能在一起，希望在一起之后你也能像吃了巧克力一样那么开心。试试盒子里的第三颗，那是我最喜欢吃的，如果找不到，那就来找我。”

然后，我打开盒子，第三颗的位置，是空的。

虽然这个撩妹高手现在早已经有了新的女朋友，我也有了我自己爱的人，但现在想想，这是很有趣的事情。

后来啊，我对于巧克力的印象，就像对口红一样觉得耐人寻味。

黑巧克力的微微苦涩和上瘾，果仁巧克力的惊喜，果酱巧克力的温柔，酒心巧克力的微醺。

那种唇齿相依的依偎感，这么多年都没有变。
在我独处的时候，一颗巧克力就能让我快乐。

遇到对的另一半，记得去送她一盒巧克力，
然后告诉她，像口红一样，你每吃一块，就还给我一点，我们唇齿相依。

一颗巧克力在不同时刻品尝有不同的感受，
更不用说在融化它时的心情，我们都懂得怎么能让自己快乐。

所以最好的撩妹方法告诉你：
给她买一盒巧克力，
每天记得还我一点。

晚安，你和世界。

歌曲：Brenda Boykin《Chocolate and Chilli》

我们可以谢顶、
发福，
但是我们很酷。

荒唐吗？你曾所不齿的一切

在吉田兼好的《徒然草》里，有这样一段描述：

蜉蝣及夕而死，夏蝉不知春秋。
倘若悠游度日，则一岁的光阴也就很是长闲了。
如不知餍足，那么虽过千年也不过一夜的梦罢了。

对此深有感触。

因而问及大家一个问题，你们有没有想过自己四十岁的样子？
或许是将生活都看透，却仍无法细水长流吧。

在音乐节上看到比着 I Love You 手势的伪摇青年，想到了曾经出现在我身边的一些人，他们热血有想法，要当艺术家，当看到在民谣舞台比金属礼还比错成“六加一”的伪摇青年，总是会吐一口唾沫。此后他们也都从我身边由往昔的熟悉，演变成此刻甚至永远的陌生，就好像看着窦唯年轻时不羁的眼睛，到现在很“仙儿”的样子，在岁月雕刻的皮肤纹路上，苍天又饶过了谁呢？

二十三岁的时候，你喜欢摇滚乐，眼神叛逆擦枪走火，想要干翻一切，不认识的人都先归类到傻×行列，坚信自己是不婚一族，即使结婚也想丁克。四十三岁的时候，你谢顶，不抽薄荷爆珠万宝路了，觉得劲儿不够。腰围三尺三，人字拖上有泥。看见儿子偷偷下载 Slipknot[①] 还比不对金属礼的手势，你踹了他一脚说，酷你妈。

荒唐吗？你曾所不齿的一切。

比现实更残酷的是，我们早早就认清了现实。
能酷到最后的人很少。

我曾喜欢阴郁的摇滚男孩，最好爱画画，有才华有个性，现在我反而喜欢那种性格阳光到炸裂的健康、聪明、情商高的男孩，如果能看到他在海边踩着滑板冲浪的样子，我会沉迷，甚至掉进他美好的肉体里。心态不一样了，他可以酷，但是不能阴郁，拒绝压抑的日

①活结乐队，美国知名重金属摇滚乐队。

子，从挑选身边的人做起。

我们可以谢顶、发福，但是我们很酷。
就是这样。

晚安，你和世界。

歌曲：The Magnetic Fields《Papa Was a Rodeo》

想在未来与你相遇，此时遇见你有些早。

我只希望未来的你能够提前到来

恋爱中的人，往往会做很奇怪的决定。
因为看不到即将要发生的事情，所以往往充满焦虑。

比如发一条微信给对方，结果由于对方没有及时回复，那么就一下子做了不去见对方的决定。
打一个电话，对方没有接到，再打几个，还没有人接，那么就做了如果再不接就分手的决定。
两个人住得不近不远，那么在生气发脾气之后，对方没有来找你，就做了一定是“他不爱你、不在乎你”的判定。
或许因为看不到未来，就轻率地预判了现在。

我在大学认识一个女孩，男朋友在德国，她本想等大学四年一过，毕业了就去找他，但是仍然还是没能去成，现在两个人一个在北京，另一个想留在国外。男孩想得很好，未来的三年的样子，是带着她出国，这样一说，仿佛此刻就可以兑现，但是预见未来，又岂是那么容易的。

我们喜欢一种东西，就想要去占有。
因为喜欢一种东西，总是会想要了解它的一切，对人和物件都是这样。好奇地了解对方的过去，更想知道和自己的未来到底如何。因为喜欢这件东西，并不只满足此刻，迫不及待地想看看他以后的样子，对于未来的期待，是基于现在的极端热爱。

想在未来与你相遇，此时遇见你有些早。

我认识一个学戏剧文学的女孩，上学那会儿就接各种活，毕业的时候给某卫视写了一部电视剧，然后赚了不少，但是她的男朋友，没她能赚，出于男人的责任感，他和女孩提了分手，理由是，不想在未来结婚之后让女孩养家、养他，他觉得丢脸，除非自己事业有成。他说真想看看自己未来的样子，和未来的我们。

这种事情在现在这个社会变得非常正常。

相同的年纪遇见彼此，对方一无所有，自己亦然，或者一方暂时优于另一方。

并不能看清未来的样子，又期待能快些看见。
想再次遇见，需要你等我已拥有一切，看不清未来的爱情，真想多跑三年看看我们是不是仍然在坚持。

很多人，在碰见一个人或是一件东西的时候，总想期待看见三年或者五年之后的样子。

对我来说，三年太长，如果此刻就能看到，那我定会好好把握。
我只希望家里不只有自己，我爱忘事，希望自己忘记关的电源，也有人记着，钥匙丢了，也有人帮我开门，别让我等太久，现在已经拥有太多的不确定，我只希望未来的你能够提前到来。

若现在就能够知晓未来的样子，
那天我就不会放开你的手。

晚安，你和世界。

歌曲：Linus' Blanket《Stop Liking, Start Loving》

那是属于它的黑夜，也是属于我的白天。

夜晚才是我的家

在我刚上初中那会儿，
还没有搬家，住的是爸爸单位的宿舍楼。

好像喜欢夜晚写东西已经是从小就有的习惯了，每到夜深人静的时候，不是听听歌，就是一定要写点东西，总觉得夜晚降临之后，那段安静的时间才是真正属于自己的。
那时候的空调还是那种老空调，窗挂的柜机，要卸掉一块玻璃，半个空调屁股露在外面，好像在等一些东西来安家一样。也是那时候开始看王家卫的电影，喜欢杜可风的摄影手法，纯粹迷恋画面，却看不懂里面讲的孤独和城市里的情爱。

一天晚上，我躺下看书，听见空调外有窸窸窣窣的声音，把夜灯调到最低，向外看，竟然看见一只蝙蝠倒挂在空调架子上面往里看我。

我和它对视了一会儿，它不怕我。后来我每天晚上都会特别留意那个位置的蝙蝠，有的时候有，有的时候没有，像一个固定会在晚上出现的朋友，它来不来，都让我有个惦念。

后来我才知道，原来是蝙蝠一家在空调上安了家。

我并没有对这种动物感到害怕，反而觉得它们很可爱。

父母也说，蝙蝠是送福的，然而对我来讲，这种夜行的动物，通过声波的来回振动来辨认障碍物，夜晚是属于它们的自由的时间，这好像夜晚的我。

上大学了之后，甚至是工作了之后，身边好多人都很珍惜晚饭后直到深夜的时间，仿佛这段时间才是真正属于自己的，安静，无人打扰，没有白天热气腾腾的热闹，夜晚更适合思考，也更为冷静舒服。

当我现在自己一个人在北京住的时候，每到夜晚降临，看完书，把夜灯调到最低，感受自己一个人的时刻，竟然有点想念十年前那只在窗外看我的蝙蝠。

它安静地陪着我，直到黑夜过去。

那是属于它的黑夜，也是属于我的白天。

或许我们是最像蝙蝠的群居动物，
寄居在城市这座巨大的石头森林里，
在黑夜里寻找属于自己的时刻，
将黑夜过成了白天。

愿我们在黑夜里终有人陪伴。

晚安，你和世界。

歌曲：Foxes in Fiction《Shadow's Song》

10号展厅

反向时钟

现在坚持
你的梦想，
也不晚。

每个十岁的孩子，都有一个十岁的爸爸

我一个好朋友结婚了。

我去参加了她的婚礼，其间跟拍的摄影师一直围着她和亲人在屋里抓拍瞬间。
快到现场的时候，她父亲已经早早在会场准备，西装革履，平时很少看到这个叔叔这样，有一点可爱的大肚腩，但是还蓄着胡子，比我小时候印象里的他苍老了许多，但是眼睛的那个劲儿还是没变。

朋友的父亲是一个野生画家，从来没接受过正规的绘画教育，所以他希望他的女儿能够考上美术学院。他从女儿小时候起就让她去学画画，基本从我认识她开始，她的父亲就不断地去引导她成为一个真正的画家，她三岁五岁时在演算纸上随手勾勾画画地涂鸦，她的

父亲也会用美工刀裁下来贴在成长记录的相册里。后来在她十多岁的时候告诉她，让她考美院，每天饭后都要去书房练习毛笔字，参加各种美术培训班。

说起的这些陈年往事，缘起于她的父亲，是一个考试失利者。
父亲的画风奇特，很有天赋。
但是当时连工具都买不起，为了要一个画板，他去木材厂捡木头条拼了一个。

当年为了考美院她的父亲复读了三年，后来家里告诉他，别考了，家里经济拮据，你需要养家。于是她的父亲就放弃了继续考学。

自然，一个倔强的父亲心里，仍然有一个美院梦。
却嫁接在了女儿的身上。

所以就有了以上说的那些，我的朋友要每天练习画画，但是她，最后却上了四川音乐学院。因为她不喜欢画画，喜欢音乐。

拿到艺考证书的那天，她胆怯地告诉父亲，
父亲把门一摔，一晚上没出卧室。

送女儿去机场的前一天，叔叔请我们一起吃饭。
叔叔什么都没说，但是总显得有些遗憾。

吃完饭的时候，叔叔给了她一把口琴说，囡囡，好好学音乐吧，我朋友有点想哭，说，爸，你怎么送给我这么老土的东西。然后掏出一天前从网上买的一个学生画板扔给她爸说，爸爸，现在坚持你的梦想，也不晚。

叔叔捻着花生米，哽咽地喝了一口酒。

携手把女儿交给女婿的时候，
叔叔一直在抹泪。

摄影师抓拍了灯光暗淡的时候父亲的样子，
看着女儿坐车走的样子，和在车后视镜里，父亲的招手和离去。

这一刻父亲拿着画板，和她一起在成长。

晚安，你和世界。

Yutaka Hirasaka《Astral Heart》

懂得谁是对的人，
才是爱情唯一的
出路。

你的前任成就了你

问你们一个问题：一个和你在一起几年对你不负责任，但是你们之间却有深厚感情基础的前任男友，和一个对你特别好但是你们之间却没有深厚感情基础的现任男友，他俩同时向你跪地求婚，你会选择哪一个？

这的确是一个很惊悚的问题，不过我想你如果把这个问题往心里走的话，一定也会在刚刚内心的盘算里有了答案了。

我想跟大家讲一个我老家朋友的故事，她比我大三届，是我高中的师姐。

她曾有一个喜欢了很久的渣男，现在早已是她的前任，同时那时候也有一个男孩特别喜欢她。她对前任的好是前任扔了袜子在房顶上她也能去捡回来的这种好，男的却不太把她当回事。反之，她却一直回绝那个对她特别好的男孩，说自己有男友啦，可能无法接受他的好意啦之类的。但是那个男孩是一定随时能够出现在她身边的人。那个渣男在和她好的这三年里一直没断过身边的莺莺燕燕，最后分手也是因为其他女孩。后来这个师姐跟那个对她特别好的男孩在一起了，她也被当作公主一样宠爱。一年后，她的前任创业失败来跟她借钱，她跟她男朋友说了这个事情，她男朋友说借给他钱吧，算是帮同学忙。

她借钱给了他。去年，他问我这个师姐，说，我买了别墅和车，嫁给我好吗？她说，我男朋友让我帮老同学，他做得对，我们只拿我们该得的。

感谢错误的你的出现，让我有机会遇见对的人。

我们总说，那个男孩让我们成长，那些经历过的事情，教会我们爱和生活。
但是我们的人生并不是总会那么幸运的，总会遇见一些不好的，才能教会我们，什么是好的，我们该如何选择，也有了对比。

当一切关系的头衔加上了“前”这个字，就意味着所有风景都看透，他好与坏，与你都再无关系，你们只不过共同走了一段路而已。你要知道，对于那些不好的人，也没什么好抱怨的，毕竟傻×自有天收，用不着自己动气的。如果没有傻×前任，我们怎么能知道现任的好呢？如果没有渣男前任，我们怎么提高防范意识呢？傻白甜才会遇见渣男，因为见识少，才对渣的底线越放越低。

面对不好的人，若我们都成为爱情的冲锋战士，情绪很冲，现眼的反而成自己了。渣男渣女会让我们成长，所有的爱都有正反两面，我们只看到了温暖的一面，却不知另一面是否有扎人的刺。渣男渣女也让我们知道，爱并不该是这样给予的，逆着爱情的脉络生长，并不会有好果实。

而且你一定要相信的一条定律是：
你手里的人渣，说不定会成为别人手里的好先生。
女性同理。

爱情也不过橘生淮南淮北，一物降一物的自然循环而已。
没什么好嗟叹的，新欢够好，时间够长，自己就会趋利避害了。

《好先生》里面，陆远把甘敬一个人扔在美国，音信全无。当初去美国也是怕甘敬一个人在美国受欺负，最后却让甘敬苦苦找了他几年。连一句分手都没有说的分手，看似是为了你好而离开你，实际上却是一种不负责任的表现。所以我们很难定义渣男的底线，我们也因此成长。因为不负责任的前任，我们学会独自一人生活，独自一人处理大大小小的琐事，也知道了对的人的样子，知道了适合自己的人对自己的全部意义。我们的前任成就了我们，他们教会了我们爱情不只有温情，也有残忍。

或许用情深，并不是什么好事，
懂得谁是对的人，才是爱情唯一的出路。

晚安，你和世界。

歌曲：To Be Frank《If You Love Her》

雨停了，
天晴了，
心情也明媚起来。

走着走着天晴了，因此我猜你过得也还不错

我有一个男生朋友，是一个普通的公司职员，喜欢音乐，家里条件不差，在北京啊，觉得够吃就行。他不是一个有能力的人，却是一个好人。他有一个女朋友，却很少提及，朋友圈也未曾见他发过两个人的合照，如果不是和他关系很好的朋友了解他的状况，在外人看来，他好像和单身无二。

去年年底，我们许久未见，他的两个朋友刚好从老家来北京找他，于是相约一起去小酒馆坐一坐。知道我不能喝酒，他帮我点了不含酒精的特调酒。他的两个兄弟好像对他的恋爱也并不想过多参与，说你喜欢就可以。他女朋友的性格有点像《重庆森林》里面那个空姐，每一寸肌肤都在享受当下，及时行乐，这没什么不好，但是对他来说，可能掌控不来。

也不是没动过分手的念头，可你要知道，巨蟹座还是很念旧的。
想想往事，零下十五度的心就又被放在太阳下烤化了。

有很多不爱表达的人，同时也是不擅长说离开的人，但是在你坚持离开的时候，我会答应。不是因为心狠，而是因为还爱你，所以仍然坚持站在你的那一边。
任由你性子来的事，也做得善始善终了。

他很像梁朝伟，我们每次都这样说，品位也好，性格也好，沉稳得让人舒服。
再急性子的脾气，在他那儿都能软着陆。

今年对方有了新欢，提出分开，他说好。
女孩说你怎么不挽留我，你根本就没爱过我。
他也只是笑笑不说话。

我们问他，知道她有新欢的时候为什么不提分手，他说，因为她漂亮啊，嗯，长得漂亮。记得我在平遥的时候，一家CD店的老板也是这么说的，口气如出一辙。只不过他结婚了，他说他和妻子没有共同语言，那为什么在一起呢？因为她漂亮啊。

好像我们很容易迷恋一个人的容颜，却止步于相互欣赏。

电影大师阿巴斯去世之后，他本来要拍的片子——《杭州之恋》——也戛然而止。

看到这个消息的时候，特别难过，在被窝里哭了一会儿才平复。这种情绪可能是因为刚好看到了这条新闻，所以把最近积压的情绪随着一起排出来了，一种遗憾的感受再一次涌现。之前在北海道，天冷雪厚，一心想往小酒馆里钻，好不容易找到一家开着的店，进去后店主沏上了一杯热气腾腾的茶。点了天妇罗的荞麦面，回暖的心情刚有起色，就看到小馆子那台小旧电视机里，日本的新闻报道，大卫·鲍伊去世了，留下了一首创作一半的作品。

回旅馆的路上我没说话，想哭，忍住了。
也是一种遗憾，像一个陪伴多年却未曾谋面的老友告诉我，你看，你不来看我的演出，那我就先走啦。然后再也没有然后。留你遗憾。而这种难过，说给身边的人听，他却也不懂。

所以共同语言是多么重要的一件事啊，爱一个人，他美好的灵魂，与你相同的审美和对你感受的惺惺相惜，是高于肉体的。

一路走来啊，虽说很多事不后悔，但是总也有许许多多的遗憾。

就像天空下着雨，我也没带伞，就这么淋着雨走。
走着走着，雨停了，天晴了，心情也明媚起来。

于是我心里也在想，
或许你也在朗朗晴空下吧，
或许你过得也不错。

晚安，你和世界。

歌曲：Michita《Slower Flower》

那个我最想到达的世界的中心，是你的身边。

这里有七件小事可能叫爱情

1.

初升的月亮最美，她等了一天了。

2.

种子埋进土壤的时候，
共同种下的人所想的，
只有悉心浇灌。

风来雨去，雪里雾里，
他们拿身体遮挡直至她开出花来。
然后欣慰地起身，以久跪呵护的姿态。
一片空白，一个趔趄，花被踩在脚下。

我们什么都没了，
早在种之前我们就投下了全部。

3.
有个读者留言，让我解释遗憾。
她说她痛失爱情，哭天抢地。

其实这都不是遗憾该有的样子，在遗憾面前，
所有的情绪都很难再表现出来了，
反而云淡风轻，拿不起但放得下。

遗憾是从别人口里听到消息，
不能第一时间知道对方在哪里做什么，是最熟悉的陌生。
就像蹲太久猛地起来，反而以为醒着像做梦。

4.
杉本博司在回忆小时候第一次去电影院时说：
看电影和做梦这两件事有个相似之处，就是会在观看中丧失自己。
我们的意识被卷入，甚至因此汗流浃背。

前天梦见有人骑着摩托车到僵尸群里来救我，
他扔了烟幕弹和炸弹，我的意识不由自主，身临其境。

甚至那种害怕之中的暖意，
竟也让我在梦里感到开心。

5.
有时候会莫名其妙地背出一串奇怪的数字，
仔细想想，这是谁的手机号码，然后一阵心悸。

这么久了，很多人不在了，
很多数字还烙印着。

6.
真想坐在忏悔室里听你赎罪。

7.
那个我最想到达的世界的中心，是你的身边。

晚安，你和世界。

歌曲：Narsha《I'm in love》

当一个人找理由逃避责任，就显得捉襟见肘。

爱情犹如一条船，每个人都要有掌舵的准备

易卜生有一句话是讲，社会犹如一条船，每个人都要有掌舵的准备。对于爱情，又何尝不是呢？

我们的安全感，来自于对方的责任感，然而能够让对方感觉到安全感，也需要我们对自己说出的每一句话、做的每一件事情负责。一个人对另一个人负责，是将自己的船舵交付给值得信任的人，沉船或者驶向远方，造化都在你们自己身上。

大概出于对安全感的执念，不论是搬家也好，还是选择一种交通工具、一件衣服，甚至小到一支口红、一种卷纸、一罐饮料，我都要挑挑拣拣，选择让我有安全感的那一个。

一块肥皂，因为丧失了安全感而变得消瘦；

一栋房子可以因为一个不负责任的人的离开而哭泣；
一罐洗手液挤出的泡泡不再浓密也会让人失望一会儿；
一件衣服和你身体的摩擦，让你想到了你们曾亲热的瞬间。

衣服舒不舒服，鞋子合不合脚，都关乎一种安全感，像一个人一样，能承担责任的人永远最有魅力。

记得大上学的时候在一家公司实习，那时候制订了拍摄计划，列好了拍摄道具的清单，就差订棚和准备道具，但是到了拍摄前几天，负责此事的人却说没有准备好，结果拍摄头一天，又弄了很多滥竽充数的道具，最后效果可想而知。当问及为什么没有按照清单准备好的时候，对方说，我家里有事，特别忙。

很显然，他在逃避责任，且没有恰当的理由。
当一个人找理由逃避责任的时候，就显得捉襟见肘。

不谈工作，很多感情里，也有相当多捉襟见肘的时刻。
记得我上大学的时候，同届里，有个男孩玩心不退，吃着碗里的看着锅里的，他总觉得美女这么多，我女朋友也就是个中转站，谁能忍受这么没有责任感的人呢？女孩当然就选择离开了。到现在了，也没见他身边能留住谁，都只不过是昙花一现玩玩而已的过客。

有的时候，对一件事情负责的一种样子，就像是喝茶。
喝一杯续一杯，永远是被动的。

还有一种样子，就像是喝啤酒，倒了半杯，就已经泡沫翻腾，是主动的。

人也像这两种形态，对于任何事情，还有人。
负责任是一个人身上最难能可贵的品质，尤其在这个都各扫门前雪的时代。

有些时候我们会听到这样抱怨的声音：我们年龄都不大，所以都不担事。
其实对一件事或者一个人负责，真的和年龄关系不大。

如果每个人都能多一点责任感，
或许也不会再埋怨我们有多缺少安全感了。

很多事慢慢好起来的，
爱情的样子是一个小家庭的缩影，
并不是简单地随便搭个伙过日子。

不论是身处社会也好，还是在爱情里，
我们都要时刻做好掌舵的准备。

晚安，你和世界。

歌曲：Leonard Cohen《I'm Your Man》

湿了的鞋子，
给了赤脚一个
理由。

一个理由

我家旁边是一栋写字楼，
我的房间有一个作为休闲区的有落地窗的阳台，
我在那里放了一张桌子，一台马勺音箱，一部相机，一个笔记本电脑。

这基本是我的写作区域了，每天晚上我都会在这里坐着写东西。

连续一个星期了，对面的八楼，都有一个人在加班。
是一个女孩子，可以看得清，每天晚上加班的时候她都把高跟鞋换成平底鞋，然后在电脑前敲字。

我也在敲字。
她在为了工作敲字，我在屋子里敲字，我不知道她有什么故事，为什么每天都要留在公司那么晚，有时候她也会吃个泡面，晚餐就打发了。
或许是不想回家，或许比较享受这个时段无人打扰的办公氛围，或许，可能没有男朋友，工作忙碌一些，也比回家冷冰冰的、自己一个人更温暖一些。当然，也有可能她只是一个有拖延症的姑娘，办事效率比较低，一个笨笨的却又努力的女孩。

不知道。她代表了很多人，每个人都有一个加班的理由，也有一个不回家的理由，有一个在便利店吃汉堡的理由，有一个在地下停车场听歌的理由。

即使今天下了那么大的雨。

湿了的鞋子，给了赤脚一个理由。
加班的灯光，也给了孤独一个出口。

我喜欢晚上七点的北京，傍晚的高架桥。
如果我敢开车，我一定会享受那个七点的只属于自己的车内夕阳。

写到这里，那个女孩伸了个懒腰。
拥挤的北京让偷窥都没有了距离，什么时候能让合适的人也有偷窥的机会，有相遇的机会，圈子太小，不喜欢的人出不去，喜欢的人却挤不进来。

所以此刻没有彼此，不怪你我，怪时间和空间的安排。

晚安，你和世界。

歌曲：Poema《Your Song》

不要轻易去招惹一个灵魂，也不要轻易去离开一个人。

反方向走在时钟上，也未必能再见到你

有个女孩给我发了一张旧金山一大早的太阳的图片，看到那个我未曾去过的城市的太阳，对换算一向不开窍的我，点开了世界时钟，把时区调到了旧金山。那个新的太阳原来是我们已经经过15个小时的太阳了。

我很想有这种能力，沿着地球的转动一直走一直走，但是永远站在新旧一天交替的晨昏线上。

其实对于很多人，都想站在人生中某些关键的那一天这样一直走吧。仿佛这样走着，新的一天也不会到来，那个说离开的人也不会离去，你们在一起的记忆也就永远留在那一天了。

曾有一个男孩给我发邮件说，他坐了十三个小时的飞机到了芝加哥，等于是他在前一天给我发了这封邮件，希望第二天的我能收到。他说他和相恋了八年的女朋友分手了，因为在美国，女孩感觉太寂寞，无依无靠，所以当一个男孩跟她表白，她就答应了，并不是因为多喜欢他，只是不能自己一个人。他立马订了去美国的机票，但愿能把她开口说分手的这句话，留在昨天。

我们很想走在反方向的钟上，时间往后退，我们能够遇见那一天的人。
然而我们再回去某一天去看那时候的自己，可能因为遇见她的时候，刚好有夏夜的凉风，刚好有响起的音乐，或者她眼睛刚好被灯光照得闪闪发亮，回到那个动心时刻的我们，其实有很多附加条件，在帮助我们心动。

再回到那一刻，或许她就擦身而过了，也没觉得她有多特别，只是推开门的那一刻，风吹的方向不一样了，星星不在她的眼里了，她也不会存在于你心里。所以能够让你心动的人，都和你有着某些说不清道不明的关联。就在那个时刻，多一秒少一秒，都不行。

胡兰成说："我们已入中年，三月桃花李花开过了，我们是像初夏的荷花。"于是朱天心在《初夏荷花时期的爱情》里，借了他的话当书名。书里讲了一些"老灵魂"，其中一句摘录出来，也竟显得如此现实。她说："如今玫瑰色樱花香散去，他松开眠梦中也牢牢握住你脚踝的手，说自己自由了，也放你自由。你对着灰茫茫的广大天地不知所措，哪儿也不想去，你真想问他，那你当初干吗惹我？”

是啊，就像《肖申克的救赎》，爱一个人是牢笼，再自由的爱也是，等你感动于一个人的优点，也势必会看到他的缺点，甚至可能会随着日子无限放大，然后慢慢地，就适应了一个人的缺点，他的不好，他的瘾，他的恶习，这在曾遇见的感动里，也变得无足挂齿了。

所以有些人不愿意往回走，怕回去那天，那一秒的时辰不对，也便遇不到你，也了解不到你那可爱的碎碎念和恶习了。

我们在物理上可以自欺欺人，耗费时间精力，做一些无用的事情，以便向后抓住一些东西。其实向后，太远了，能让一个人离开的原因很多，和留在你身边的理由成正比。

即使反方向走在时钟上，你也未必能再遇见她了。
她不再是一罐简简单单的4月30号到期的罐头，你们之间，附加条件太多了，从你们互相招惹对方那天开始，你们就开始在往这段感情上盖房子。盖得越高，炸得越惨，废墟也越狼狈。

不要轻易去招惹一个灵魂，
也不要轻易去离开一个人，

不要轻易去不经大脑说一句让他多虑的话，
也不要让某段关系增加太多附加条件。

“春天的桃花李花开过了，夏天还有夏天的花事。”

遇见一个人，愿你们的花期能长一些，不必因为后悔而去回头看着遗憾。
但愿花期结束之时，就是你我生命的荼蘼。

晚安，你和世界。

歌曲：The Ventures《The Lonely Sea》

而现在，我有足够的能力去让我的少女心永恒。

当我渐渐学会，把哭过的经历，笑着说出来

我喜欢在特定的年龄送给自己一份礼物，
那些礼物代表着那个年龄段我的能力可以带给我的。

我的父母从来不会在我考试考100分的时候给我奖励，
从来不会在我有所成就的时候送给我礼物。
然而我总是觉得这样也挺好，倔强地觉得，我自己也完全可以啊，根本不需要你们送给我什么，我可以自己争取，那种感觉会比不劳而获来得心安。

因此我从来不嫉妒别的同学说，这次他们得到了什么奖励。
我可以给自己奖励。

因此那些一路成长的画面，像一镜到底的电影在我心里一帧一帧清晰着。

那些时间节点，像一路走来的一个个立起的旗帜，让我不至于忘记自己想要的是什么。

15岁的时候，我用自己的文章第一次赚取了稿费，给自己买了一个心仪已久的书包。

17岁的时候，和朋友一起在情人节卖花，每一束花里面用钢笔手写了不一样的情话卡片，然后用赚的钱去买了一场演唱会门票。

20岁的时候，做摄像转播，一个暑假没有回家，然后拿到酬劳后独自出去旅行。

22岁的时候，开始利用大学学习的东西接拍摄影写真，第一个找我拍照的妹子是一个大学老师。

23岁的时候，成立了阿司匹林博物馆工作室，有出版社开始陆续邀我出书。出一本书的礼物，在意料之外。

现在我24岁了，立一个flag①，希望能在我25岁的时候把梦想了六年的咖啡馆开起来。

希望能在27岁之前找到一个志趣相投的爱人。

然后在30岁的时候和他一起去冰岛看一次极光。

随着年龄增长，想要的东西越来越多，需求却越来越简单。

①立flag，本意为竖立旗子，此处指确立一个关键目标。

小时候能力不足，想要的东西一旦获得，就得到了天大的快乐。
慢慢长大了，翅膀能承受住更大更重的风，却不知道该在哪处水源、哪处树林栖息。

于是当自己有了足够的能力，认为自己变得百毒不侵的时候，
却很容易被一杯温水、一口热饭、一个人帮你撩去进到嘴里的头发而感动。

感情是阿喀琉斯的脚踝，冥河水浸泡过的刀枪不入，也不能阻止别人正中下怀。
从申请了微信开始，我的地点就写了冰岛。
看过了太多的北欧神话故事，太多有关极光的电影，这始终让我想到达那个人烟稀少的美景里“置身世外”。

我有的时候很害怕衰老。
当我6月份过了24岁的生日之后，家人告诉我，其实按照所谓虚岁，我已经25了。
我很怕我在我最好的年纪遇不到所爱的人，空留着我的一颗少女心。

而我也知道了，当我更成熟了，
我也不会再送给自己那些简单幼稚的礼物。

此刻的快乐与那时不再相同。

那时候有且只有一颗青涩的少女心，
而现在，我有足够的能力去让我的少女心永恒。

我想送给未来那个30岁的女孩，一份不俗的礼物。
愿我们在北极光里相爱。

晚安，你和世界。

歌曲：Kanno Yugo《Never Again》

爱情是隐晦地欲言又止，藏在头发里，藏在指缝间。

你是我一生的光

要问我一辈子只爱一个人的承诺是什么，
我还太小，只有憧憬，没有经历。
或者你也在经历爱一个人的路上，也将知道爱会将时间熬成白头。

我有一个好朋友她叫李子君，大学二年级的时候认识的，上海人。从认识她那天起我就注意到她戴的那枚戒指，她说那是她外祖母给她的。像一个不可思议的电影片段，她曾说起那段故事。

那时候打仗，她的外祖母随军一路跟着她的外祖父，就像《情深深雨濛濛》里的剧情一样。外祖父是个军官，那时候没有条件举办婚礼，外祖父就送给外祖母一个空的弹壳，她欣喜若狂。后来他家移民到国外，外祖父年老的时候才补了一个婚礼给外祖母，以及她现在戴的这枚戒指。外祖父在人生的尽头对外祖母求婚，应允了只爱你一个人一辈子的誓言。外祖母说："此心安处是吾乡，你在的地方就是光的起点。"

这是一句几十年未改的泛黄情话，用来擦拭皱纹，抚平到当年你说爱我的样子。

有时候我们很难去解释爱和时间的平衡，它像是宇宙中的一个岿然不动的质点，就盘踞在黑洞的边缘，那个静止瞬间叫作永恒。如此我们也可以说，向她承诺向她求婚，用一辈子去爱一个人，就是你们永远静止的最好的画面：彼此心动的那种感觉。

记得大学的时候，上观念摄影课，有一组照片给我留下很深的印象。

有个叫David的摄影师几十年如一日地在同一角度拍下他和爱人的照片：一条小路，两边的植物和景色从春夏秋冬不断变幻，然后牵手的始终是他们两人，直到他们去世后孩子们继续延续这组照片。现在的日子太浮躁了，很多人都不相信爱是可以永恒的，当提及一辈子只爱一个人，很多人都会意一笑说，这太难了。说爱你一辈子，反而成了一种勇气。

记得以前在万合天宜做摄影师的时候，我给演员葛布拍过一组婚纱写真。

拍照的间隙，葛布跟我聊，说我已经不知道这是第几次穿婚纱了，在戏里，有多少场求婚的戏，甚至每每到那个心动的场景，都觉得，这是真的就好了。我想要一场属于我自己的婚礼、白纱和求婚。

和她一样，我也想收获那个一辈子只爱我一个人的爱情，充满欲望的社会，莺莺燕燕，其实都是为了扑向最温暖的火啊。从求婚那一刻，就像烙印了产品的编码，一辈子只爱一个人，是需要足够的勇气的。

然而有些时候，“一辈子”并不是挂在嘴上，不是开着豪车牵着手说“我们”，也不是朋友圈秀恩爱说他又给我买了什么。

爱情有的时候是隐晦地欲言又止，藏在头发里，藏在指缝间，
藏在饭菜的香味里，还有家里的一盏灯里。

明星李孝利为了爱情去和伴侣过田园生活，她说我只有钱，但是“哥哥”真的不食人间烟火。在演员黄觉的微博里，他每天都用相机记录爱妻麦子和孩子的生活瞬间，她扎头发的样子，她睡觉的样子，她抱着孩子的样子，她搭在被子上的腿。

真好啊，还需要用形容词写什么华丽词句吗？镜头记录的全都是爱，真爱用肉眼是看不出来的，真爱是一种氛围，你会不自觉地将

自己代入一些情节里。

有人说求婚很难，因为那更像一个生命的交接仪式。
从此我们达到了彼此真正意义上的拥有。一辈子只爱一个人，一辈子也只够爱一个人，一辈子只送给一人戒指，从披上婚纱的那一刻到年老的床，我们十指相扣，相望，眼神比藤蔓缠绕得更紧。

真爱是相互扶持不计得失，
是将你的生命与我的生命彼此交缠。
你乘着人海升腾起爱恨翻涌之上的一叶扁舟，
捞起快要淹没于世的我，成为我甘愿倾尽一生的劫数。

于是承诺不再只是潦草的爱情仪式，
当你单膝跪地，指尖所传送的是连通宇宙的质量，
比生命更重，比永恒更远。

晚安，你和世界。

歌曲：Moose Blood《Shimmer》

如果我们再选择一个人，就意味着没有退路。

谈什么恋爱，我热爱工作和学习

和一个聊天聊了很久的女摄影师见了面。
很多相同的经历和相似的性格，以及我对她的作品所传递的东西的欣赏，让我觉得她是一个很善良的女孩。

善良。

在听完很多人的很多故事之后，甚至也见过一些人、经过一些事之后，这是我最看重的一个词。所谓善良，不仅仅是字面上的理解。
譬如一个人可能会爱一些猫猫狗狗，却不一定会爱人。
有很多人是爱无能，但是并不是所有爱无能的人都善良。

她告诉我，她单身的时间太久了，已经不知道该怎么谈恋爱了。
但是也仍会善良地拒绝一些好意，这个年纪了，不和许多人玩暧味，不拖着别人就是一种善良。

一个单身摄影师的日子就是早晨起来给自己做个早饭，然后心情好的时候放着喜欢的歌再睡个回笼觉，中午订个外卖，下午开始修图，有约片的就涂好防晒霜出门，没有约片的遇到合适的人就拍拍照片。或者看天太热，就在家看个美剧。

我的生活和她有很多的相似之处，比如，谈恋爱开始变得谨慎。

毕竟到了25岁，也并不能够说还和20岁的人一样，爱上一个人，谈个三五年恋爱。如果我们再选择一个人，就意味着没有退路，没有大把的年岁消耗在互相体察、钻牛角尖的无谓的感情消耗上。

她回顾了一下恋爱经历，好像每段感情都衔接得恰如其分。这样细数下来，似乎没有什么空窗期，因此刚开始单身那会儿，有点接受不了寂寞。但是由于金牛座的执着，也绝对不会将就。

现在，见过的人很多，来来走走，出入于自己的生活，却不知道该怎么去倾注爱到另一个的身上。

无法对熟识的人下手，要是能在一起，早在一起了，渴望遇见新的人，却对新认识的人充满了畏惧，了解一个人不是那么容易，于是还挺羡慕那些学生时代走下来的爱情，互相熟识，知道对方的软肋、不堪，却仍然爱着。

也不敢和异性单独吃饭了。
她说了一句，然后抽了一口烟。

压力挺大的，男女之间，单独吃个饭，对方都会觉得双方已经进入暧昧期了。
然后就开始排斥这种过于亲密的关系，以至于越来越不接触什么人，日子只剩下工作和生活。

很多人说单身是因为宁缺毋滥，其实有的时候我们的年纪和见识在增长，我们的需求也在改变，年轻的时候喜欢特帅的，只要长得好看就行，随着年龄的增长，经历了一些事，就觉得，长得好看、个子高什么的，那些所有的外在条件充其量可以占百分之二十，而百分之七十都留给了，这一定要是一个有趣的人啊，一定要有才华，有某一项值得让我崇拜的地方。

崇拜是生成爱恋的一项最基本的条件，
而我们经常会错过这一点。

那么，你们选择单身的原因是什么呢？

晚安，你和世界。

歌曲：Bruno Mars《Talking to the Moon》

在一起的时候，
那些珍惜去哪儿
了呢？

原来你这样珍惜我

在《今生今世》里，胡兰成有这样的一段话，他讲：古人定立春是春天初来到的日子，草还是黄的，却不知如何竟有了青意了。水色更难辨，可是水面风来，已是不同，这仿佛《红楼梦》里贾宝玉问林黛玉的话：“是几时接了梁鸿案？”也仿佛是我与一枝的事，是几时起的爱意？如此分明而难辨。

“几时起的爱意？如此分明而难辨。”
看完这本书之后反复揣摩这句话，也能尝出来一些酸楚。

身边有很多人这样，单身的时间久了之后，竟然会念及旧人，想到曾经的种种，也不觉得他有什么缺点了，但是仍然心有余悸，谈一次恋爱竟像操练了十年，身心俱疲。

然而为了让自己不去回顾那些隔岸观火一样的过去，纵使有千般想脱离独身的困惑，也自清清爽爽，听雨声而不在雨里。

这里有一个女孩，暂且称其为A，我想隐晦地说说，
这是她，但也可能是我，也可能是你。

A这个姑娘和我有共同好友，是我四年的大学同学。
她和一个男孩谈了两年多，应该也算是大学快结束之时唯一一场恋爱了，两人毕业后都留在了北京。

他们反反复复，分分合合，吵架之后又会觉得离不开，然后成为习惯，然后再和好，这样过了两年。他们都从未因为第三人的介入而有过分歧，但是总会通过一些小事来折射出大事，上升高度。

比如，男孩的朋友圈从来不发她的照片，让人看不出这男孩是有女友的，且听闻他跟朋友说，不发照片的理由，竟然是怕未来万一分了，删着麻烦。
因为这个，分了一次。

第二次，因为男孩“手滑”给一个挺好看的女孩的很早之前的两条微博点了赞。微博页面上，她看见了，女人的嫉妒心和直觉总让她觉得不舒服，又闹了分手。

按理说，感情里切忌全方位的无我的投入。

A不是，她每天早晨给这男孩变着花样做饭，像妈妈一样照料他的生活，她长得也很漂亮，上得厅堂下得厨房。因为这男孩，A放弃了上海一个特别好的工作，留在北京拿四千块钱的工资。

最后一次分手是因为久违的第三人介入。
男孩说觉得和A在一起压力太大，她收拾了东西没说什么就离开了，连回头都觉得累。

现在的情况是，男孩和那个女孩也分了，大概在一起两个多月吧，分手的理由是还是忘不了A，且故意放信儿给共同好友，让他们说给A听。

然而即使她心里还有他，也不敢再蹚这趟浑水了。

黄伟文给杨千嬅的歌填词说，
原来你这样珍惜我，从前在热恋中都未听讲过。

是啊，在一起的时候，那些珍惜去哪儿了呢？
或许变成吃定一个人的信心了吧。

不要做得太绝了，在感情里，真让一个人伤了心，所有即便有感情

的诚实弥补也都成了马后炮了，不具备任何意义。以前在一起的时候也没听你像现在说的这样珍惜我啊，
做着随时骑驴找马的准备，这样错过了我。

想再回去，很难了。
人还是不能惯。

晚安，你和世界。

歌曲：Asobi Seksu《It's Too Late》

怎么就没有
一个人
能停下来等等我。

我爱你，而你什么都不知道

一直在补看美剧《权力的游戏》。
印象最深刻的一个镜头就是野人女孩对雪诺说“You know nothing”。
你什么都不知道，一句话道出暗恋。

是这样的，我从不过多地去揣测一个人的想法，
是否对我有意思，或者我是否对他有意思——连我自己的想法我都不敢揣测，能揣测的都是有鬼的也是成不了的。

因为有些人是不是对你骑驴找马，一眼就能看得出来，但是有些人不然，佯装的暧昧里，带着万千考量。对你百分之百热爱的人，百分百会付诸行动，不会犹犹豫豫，哪怕成不了。

经常听朋友们聊他们的感情。

曾和一个不缺人追的姑娘，沿着三里屯从太古里走到后街，又走回来。她抽了整整半包烟。

如果不是感情问题，谁会这么愁呢？
一个不缺人追的姑娘，最近遇上瓶颈期是因为，她想得到的人总对她若即若离。
"我从未追过一个人，我喜欢他，而他什么都不知道。"

她频繁地暗示他，她是对他有好感的，男孩约她出去吃饭，两人有说有笑，过马路的时候，吃饭的时候，各种状态下，她都以为她在恋爱里了。然而在四天前，她约男孩出来吃饭的时候，男孩却说我有女朋友了，别再找我了，我女朋友看见了不高兴。

电影《心火》里，苏菲·玛索有这样一段台词：

"Do you know about firelight? It's a kind of magic. Firelight makes time stand still. When you put out the lamps, and sit in the firelight's glow, there aren't any rules any more. You can do what you want, say what you want, be what you want. When the lamps are lit again, time starts again. Everything you said or did is forgotten. More than forgotten. It never happened."

"你知道火光的故事吗？火光仿如魔术，能令时间停顿。当你把火光熄灭，坐在火光的余韵里，你做什么都可以，说什么都可以，不必墨守成规。当灯再次亮起来时，时间又开始了。但是你所做所讲的都记不起来了，不只记不起来，简直没有发生过。”

就像经历了火光，那些眼睛里倒映的所谓的爱情的萌芽火光，在心跳过速的情况下说的话，过了那余韵，什么都记不起来了。

她就是这样。

两点。
第一点，这男孩骑驴找马。她以为的暧昧，其实他同时也在和其他人进行着。
第二点，她的恋爱从来都是始于别人先对她示好，这次她其实已然动心，而对方却一无所知，以为她没这意思。

陪她走到三里屯SOHO的那个十字路口，
对于27岁的失恋女孩，我不知道该怎么安慰。

“可能我想35岁结婚。”她说。
“八点之后的三里屯是北京最堵的地方。你看这十字路口每天都在堵车，怎么就没有一个人能停下来等等我。”

晚安，你和世界。

歌曲：Easy Mind《Maze of Love》

那些般配的热爱，
让我们步履不停，
也充满欣慰。

因为面对你，于是舍得暴露另一个自己

我们学校的一个师哥，06级的，也算是事业有成，有一份中上等的管理职位的工作，每天作息规律，俨然一副中产精英的样子。自律要求严格，每天上班，他都会提前一天准备好合适的衬衫以及其他搭配，然后开始这需要隐藏个性的一天。这样一个师哥，在我认识他的时候，我以为这或许就是他本来的样子，结果没有想到，在认识了他两个月以后，他喊我去“愚公移山”听现场表演，并且约我和他的几个朋友一起去香港听音乐节。

一开始，因为他工作的严肃，我都有点不太敢接近他，没有想到，那天去看演出，他穿着小皮衣，马丁靴，头发松散地垂着，根本是另一个人。没想到，生活中的他和工作的那个他有那么多不同。

生活中，其实我们都有很多种不同的自己。

朋友面前的我，工作中的我，家人面前的我，爱人面前的我，每一个我，都有一个不一样的可能，但是那构成了全部的我。

因为平时的工作关系，我也结识了很多广告行业的人，有个女孩，我们特别合得来，她是一个文案专员。

平时的工作就是周一到周五，坐在办公室的桌子上写文案，这是做新媒体运营的常态。

她给我拍过一张照片，是他们的办公室，一个一个的格子间里，除了名字能够区分每个人，其他毫无个性。像流水线上的娃娃，面无表情地产出着自己脑袋里的营养。但是，我们的结识，是因为，她每个周末，都会和男朋友去北京周边的山里住两天，她给我发了好多延时摄影的gif图，我头一次发现，原来这热岛一样的北京周边，有那么多清爽的风景。“每次看到星星，我都觉得我是真正存在的，在旅途上单纯的快乐，才是逃离繁忙都市后的另一个我。”

我们体内所蕴藏的另一个自己，可能是学生时代梦想的样子，可能是将生活的必需品刨除之后的另一个精神世界的样子，现在的我所受到的束缚，都在另一个我身上得到实现。

在看费里尼的自传的时候，摘录了这样一句话：“你必须很喜欢和自己做伴。好处是：你不必为了顺从别人或讨好别人而扭曲自己。”

或许我们的工作需要我们顺从，社会的很多方面需要我们去遵循规则，进而在成长的过程中因为现实的种种被同化，或被透支而削减热情后，其实都会有另一个自己，在生活的篝火旁满怀希望。

因为生存而没有去选择的、被保留和放弃的天赋，
总在遇到合适的人的时候被打开。

因为生活不能让我们时刻都能将所爱一一收入囊中，所以就舍弃了很多我们本应该坚持的东西，那些热爱，构成了另一个我们。

这也正是为什么我们总是在寻找志趣相投的人。

那些般配的热爱，
让我们步履不停，也充满欣慰。
最后遇见你，说：因为面对你，于是我才舍得暴露另一个自己。

晚安，你和世界。

歌曲：Moses Gunn Collective《Shalala》

混了半辈子了，很多不开心都是来自于钱。

我没完成的梦想，要靠你来实现

电视剧《小别离》里说："世间所有的爱都是为了团聚，唯有父母的爱指向别离。"看了这一句，就让我想到了焦波的《俺爹俺娘》里的画面，他所传达的一个很多父母都有的观点就是，他们所没有达成的教育，希望在孩子身上得到：俺爹俺娘没有什么文化，但是他们唯一的梦想，就是在面朝黄土背朝天的土地上，耕耘出我这样一个能够受教育的儿子。

这是在当下中国最尖锐的问题之一：身在农村的孩子，希望去大城市闯荡，好好学习，改变自己的命运来换取更好的生活；而身在城市的孩子，父母也会倾其所有花在对孩子的教育上，最经典的方式，就是不管有钱没钱，都觉得，出国是最好的教育方式，觉得"国外的月亮比国内圆"。《小别离》就是讲现实生活里，关于钱与教育和阶级的尖锐问题。

我记得特别清楚，我曾在公众号后台收到过一条很锥心的留言。
是一个女孩留的，她说，她刚大学毕业，家庭条件不是特别好，父母就是普通的工薪阶层，然而她的身边很多人都选择了出国，她也特别想出国，但是家里没钱，甚至说大学这四年的费用，父母都得省吃俭用，非常吃力。她有的时候觉得自己很“不幸运”，为什么没有生在一个有钱的家庭，能够让她出国留学。

对于这条留言，我一方面会觉得这个女孩太不懂事，但是似乎又能够理解这个女孩的虚荣来源，因为对于这个年纪的孩子，不论表面上懂不懂事，但是在心里多少都会在别人获得一些来自于家庭的福利的时候产生攀比和嫉妒心理。“为什么别人天生可活得轻松自在，而我却要努力拼搏来翻身改命？”

归根到底，温情过后，还是因为钱。

在一些教育里，出现了这样一个畸形的价值观：家里有钱的孩子都出国了。或者说能出国的都是家庭条件好的。而且现在很多中国家庭普遍都存在这样一种价值观：认为出国就是镀金，出了国回来的孩子就比国内的孩子优秀。其实这都是值得推敲的。
甚至不知道什么时候，出国成了衡量一个孩子优不优秀的一个标准。因为咱们现在总是能听到这样一个言论：人家是从国外回来的。甚至有很多长辈认为，孩子找对象的时候，对方“从国外回来的”就特别加分。

关于出国，举个例子吧。

是我的一个大学的同学，为了保护隐私，在这里就不提名字了。现在毕业一年了，他一直都没找工作，他的父亲为了他来到北京工作，在老家算个“中产”，但是来北京就“工薪”了，压力特别大特别被边缘化。他父亲有次跟他谈话，说找人问好了，去英国念一年大概得花20万，去念一年，回来好找工作，也算是给父母长脸，借钱也得让他去。然而这男孩不想出国，他有他自己的创业想法，然后他跟他爸说，没有能力，出国也没用，何必让自己活得这么艰难。但是他爸态度坚决，两人产生了很深的矛盾，直到现在都不可调和。

阶级是一个特别有意思的话题，尤其对40多岁的中年人来讲，混了半辈子了，很多不开心都是来自于钱。

每个年龄段，都会有想要炫耀的点。
比如20多岁的都喜欢炫耀自己的男女朋友，长得好不好看，如果好看就是特荣耀的一件事，特长脸。
30多岁的人会炫耀自己的事业，如果有一份稳定的工作，或者有自己的事业，那就是至高无上的事，代表着自己的能力。

40多岁到50多岁的人会炫耀自己的孩子，如果自己的孩子很优秀，那就是自己活了半辈子的功劳，是教育上的胜利。

因此，在和长辈的聚会里，我们总能听到这样的对话：
——我家孩子在国外上学。
——啊，那你家孩子是挺优秀的。

出国在很多年长的人的观念里，传达着两点含意：
1. 自己有足够的金钱实力，证明自己的社会地位；
2. 孩子足够优秀，自己教育得好，证明自己的教育方式，让自己和自己的孩子获得肯定。

出国在很多年轻的人的观念里，也传达着两点含意：
1. 能出国的人都是家里有钱的，常把出国挂嘴边的就更是会不自觉产生一种优越感；
2. 出国就是能学到比国内更好的东西。

这是一个阶级的自我认证过程，然而对很多出国的孩子来讲，有些不一定是他们自主选择，但是有些本身就非常渴望能够出国。这就容易产生很多父母与子女之间的矛盾。“出国”，成了很多人很多家庭为了证明自己的实力而做的一次抉择。一方面，对于工薪阶层的家庭，送出国是为了“得到更好的教育”，然后过上“更好的生活”；另一方面，不差钱的家庭会认为，既然自己有这个能力，那么就应该让自己的孩子接受更好的教育，而出国就是更好的教育。

有的时候我们总听父母说过这样的话——指着街上捡垃圾的人对我们说，你看如果你不好好学习，长大就跟他一样在街上捡垃圾；有的家长也会说，你不知道工薪阶层的生活有多么不易，你就是全家的希望，爸妈全指望你了，你必须要好好学习；还有一些父母的言论是，你要好好考试，咱家上面没人，你只能靠自己，只有考上重点中学才能上211、985的名牌大学，才能改变命运，否则这辈子就完了。这些都是很经典的中国家长的句子。

工薪阶层的焦虑，是将自己未完成的愿望，通过孩子来实现，孩子出人头地是改变自己社会阶层的唯一希望。

中产阶级的焦虑，是要保持住优雅的社会地位，要让孩子成为家庭的面子，口碑是很重要的。虽然比上不足比下有余，但是仍然希望能够更往上一步，凡事求稳。

富豪阶层的焦虑，是不只要有钱，还希望让孩子受到最好的教育，且会考虑规避中国的教育选择出国，让孩子的教育更容易一些，竞争少一些，最终的目标是跻身上流社会。

但是这未必是经过孩子们同意的。

美剧里有一句话说："我们花一辈子的时间，等待父母在某些抉择上对我们道歉，而他们却花一辈子的时间等待我们说谢谢。最终我们都得不到自己想要的。"

我有朋友从国外回来现在仍然因为没有能力和工作经验而找不到工作；
而国内不是名牌大学的朋友，也并不见得混得就差。

出国并不是能够证明一个人是否优秀的必要条件，能力才是。

晚安，你和世界。

歌曲：The Smashing Pumpkins《Shame》

最好的爱情，
就应该是甜的。

我需要甜蜜来回血

我曾发起过一个截图活动，大概是，把你和朋友加上微信之后的第一句话的开场白截屏给我，之后陆陆续续地收到了很多两个人的开场白。

其中有一对的开场白是这样的。
她说，好巧啊，今天来了这么多人，居然能遇见你。
他说，不巧，见面是我安排的啊。

很多的开场白和相遇都是有预谋的，即使不是人为的安排，也是命运的安排。

初中的时候，我们学校旁边有一家书店，其实现在也还开着，叫萌芽书店。属于90后的很多记忆，是被一些书籍塞满的抽屉，比如《那小子真帅》，比如《天使街23号》，比如《微微一笑很倾城》。

然后在20多岁的日子里，看到它们被拍成一部一部的电影、电视剧，这样看起来，好像自己也和十年前没什么差别，就像第一次的开场白一样，当你说起，好巧啊，你也在这里，其实我已经偷偷地关注了你好久。

不知道你们有没有过这样的时刻，当遇到自己喜欢的人的时候，会有几个下意识的反应：

第一个反应，手足无措，觉得手脚都很多余，不知道该往哪里放；
第二个反应，心跳加速，脸红，不知道如何避开身体荷尔蒙所带来的中暑般的反映；
第三个反应，不敢直视对方，连说话都会避开对方的眼睛，因为害怕多看一秒就会沦陷；
第四个反应，语无伦次，内心戏十足，想象对方会不会因为自己的某一句话而多想，在心里就有了一部自己是女主的偶像剧；
第五个反应，焦虑，急迫想知道对方是不是单身，是不是对自己也有好感，偷看对方的一举一动再用自己的行动配合对方的反应，有的时候会走路顺拐或者出糗。

然而如果此刻对方能够对你示好，那么你的头顶会立马开出一大朵烟花。

记得高中那会儿有个男孩喜欢我，一提这也是五年前的事了。

周末他约我去书店，我以为我提早到了，拿出手机就开始自拍，然后做出各种扭曲动作，殊不知他已经到了，就在旁边看着我搔首弄姿，我抬头，就看到他微微一笑，后来他说，他就因为觉得我可爱而喜欢我，记得当时他说了一句话："我挺爱看书的，但是你比书好看。"

为什么我那么爱笑，总结了一下原因，
可能是因为我总能记得别人的那些笑容吧，这样回想起来，也算是一剂强心针了。

我觉得最好的爱情，就应该是甜的，是美式咖啡里的一颗奶球，再苦的日子，觉得有你就甜。不虐不污，重口味不适合我，这样我才能在苦涩咖啡里找糖吃。

苦涩的成人世界里，
我需要甜蜜来回血。

晚安，你和世界。

歌曲：Young Hunting《Sweet Bird》

物以类聚人以群分，其实人也可以以物聚的。

是什么让你成为一个特别的人？

你有没有属于自己的一个癖好？

说来是比较有意思的一件事情。
我认识的很多朋友，他们都会有自己独特的小癖好。
这像是小雀斑一样，成为每个人独特的魅力和特点。

有的人喜欢集邮，集生肖的硬币；
有的人喜欢收集各个城市的明信片；
有的人喜欢收集不同味道的烟盒；
有的人喜欢收集百事可乐的罐头；
有的人喜欢每到一个地方就拍一张拍立得攒起来；
有的人把每次出行的机票和火车票、门票都留下来。

这里面我同时具备三个癖好，第二个、第四个和第六个。

独特的恋物癖会不会让你成为一个特别的人？

答案是肯定的，
没有特点的人也太无趣了。

我平时看人，大概会根据他身上的单品来大致了解，这是不是一个“同路人”。
一个人所用的、所喜好的，一定是代表他这个人的审美和内涵的。
没错，内涵，也是可以从单品上看出来的。
甚至包括一个人的性格，也都可以在他所喜欢的物品中看出很多端倪。

比如身上的一个文身，耳朵佩戴的耳钉，所喝的饮料的罐子，以及罐子的包装，都可以从中得到很多的讯息。

我曾参加一个聚会，大概是很多媒体举办的一个联谊活动，你可以从味觉、视觉上就足以得知，一个人所代表的他所创办的公众号的调性。

扭捏不自信的人是很容易露怯的，从他的单品里就能看得出来，和人一样。

大概是一个人的物品和一个人的气质是有联系的，喜欢有趣的物品的人，他的物品和人都散发着吸引人想和他拥有相同东西的渴望，如果你刚刚好，拥有独特的恋物癖，就会成为一项谈资，成为别人能够很好识别你的一个标志。

我认识一个常年佩戴不同帽子的咖啡师，
一个每天带着不同表情开店的喜欢电子乐的古着店女老板，
一个用烟斗抽烟的摄影师，
还有一个家里被珍藏海报贴满的服装设计师。

他们的癖好让他们成为独特的人。

如果可以开始拥有自己的癖好，你希望自己拥有什么样的物品？

看微博里读者给我的留言，有个女孩说，我的生活太无趣了，每天都找不到自己有什么区别于别人的特点，后来我发现，人人都喜欢有趣的人，谁又能接受一个生活每天都一潭死水的人呢？有时候想找到一个自己喜欢的人，首先就得使自己的生活方式让别人欣赏和喜欢。

如果一开始去接触一个人，我会有很明确的物品指向。
看他喜欢的东西，朋友圈和微博发出来的他的生活方式和手边的单品，我就会迅速判定他是否能和自己挂上钩。比如我曾经看到一个人爱收藏钢笔，且字也写得好，我对他的好感就不只加一，后来互相认识了发现也确实有很多的共同语言。以物来看人，这个真还挺准的。

我想其实每个人都会有一些特殊的小癖好，那么哪些是可以珍藏留住的呢？
是吻痕吗？还是一封信？或者就是一个可乐的罐子？

有时候说，物以类聚人以群分，其实人也可以以物聚的。
如果生活可以定制，我希望都能烙印上自己喜欢的一切，
能够代表自己喜好的物品，都是值得珍藏的，就像你一样。

晚安，你和世界。

歌曲：Yen Town Band《My way》

13号展厅

情绪瓶子

这杯酒我干了，

你随意。

今日一别，梦里再见

大连，丽江，乌镇；
东京，巴黎，土耳其。

…… ……

我们一起牵手旅行，
看很多风景。

胶卷，单反，拍立得。
我们留下很多时间，
和我们同时在场的证据。

轮船，火车，飞机，汽车，
我们一起体验过很多交通工具。

有那么一瞬间，

就想和你抱着爆米花，
在汽车里看一场露天的夜场电影。
天亮了就奔赴下一个场地，
永远不知道下一站地，
这样活着。

下雨了，我们一起打一把伞。
没有伞的时候就披同一件大衣。

下雪了，我们互相打雪仗，
非常坏地把雪塞进对方的衣领里。

天晴了，你坐在阳台上涂防晒霜，
我坐在床上看着你的剪影。

可是我们最终还是没有一起牵手旅行。

因为地球在跳舞，
东八区的时间要加十二小时，

才能在梦里看到你。

于是我们都开始努力生活，
努力赚钱。
那些车票和机票，
铺成了我们的联系。

当我自己旅行，
我们曾走过的地方我不会再去第二次，
因为脑海里滞留了电影。

就像我会相信牛奶确实加钙了一样，
你说你很快就会回来。

有些坚持，
会让你们拥有和信念同行的爱情。

今日一别，梦里再见。
这杯酒我干了，你随意。

晚安，你和世界。

歌曲：장필순《Good Bye》

人活着，
行李是越来
越轻的。

回到小时候

记忆中的小时候，
是带着丁达尔效应的。

雾蒙蒙的光里，
模模糊糊的脸。

自己的脸，
父母年轻的脸，
逝去亲人的脸。

光投下来，
刚好照到枕头上，

空气里的小灰尘，
细细地回顾着那些时光。

我知道做不到，
但是我想回到小时候。
有忧愁，
但是落在心上的时候没有那么重。

小时候很讨厌搬家，
离开熟悉的地方，
熟悉的人。

后来搬家成为常态，
成为和一段日子的告别，
和一些人的告别。
那些被丢弃的废物，
曾经占据着自己多么重要的位置。

所以啊，
人活着，
行李是越来越轻的。

丢掉不重要的东西，

才知道哪些是重要的；
那些犹豫要不要带走的，
因为它们还不够重要。

我们就是因为最终要分离，
所以才会在一起啊。

那些渐渐远离的日子，
那些已经说再见的人和事，
那就让他（它）们留在原地吧。

晚安，你和世界。

歌曲：Fanfarlo《Let's Go Extinct》

“你去哪儿？”“随便，你说去哪儿就去哪儿。”

即使失去你，我仍是最酷的我

你是一个什么样子的人呢？
当面对自己喜欢的人的时候。

是主动追求，
是一个“我爱你和你无关”的人，
还是默默地看着，
什么都不表达？

你是一个胆小者吗？
当面对爱情。

男人堆里的唯一女性，

常常被看作是荡妇。

可是真的是这样的吗？

其实在我看来有些男人堆里的女孩，
会比心底默默盘算的姑娘更有分寸，
所以那些有计划撒娇的女孩，
反而更让人觉得假惺惺。

一个大大咧咧地对待爱情的人，
对于爱情的得失也很看得开，
他们会努力地追逐爱情，
很勇敢地去争取，
而不是畏畏缩缩。
很欣赏这样的人，
敢爱敢恨。

“你去哪儿？”
“随便，你说去哪儿就去哪儿。”

不要吝啬你的好感，
即使得不到，
你至少努力过。

希望你们都能和喜欢的人在一起，
即使失去了，
你也仍是最酷的你。

晚安，你和世界。

歌曲：Beach Fossils《Sleep Apnea》

一切措手不及的糟糕里，你让事情有了转机。

转机

一到休息日天都晴了，
可是为什么手上还有那么多事情需要处理。
你是不是也有同感，
事情总是在有一个美妙的休息日的时候，
一件件地来找你。

再美妙的日子里，
也有可能会踩到屎，

夏天来了，来不及瘦；
见约会对象，来不及化一个妆；
去面试了，来不及买一条黑裙子；

要恋爱了，来不及去整理心情；
要分手了，来不及去适应。

…… ……

一切都很来不及。

一件件的事情都匆匆忙忙的时候，
你也匆匆忙忙地闯进我的生活。

在一切措手不及的糟糕里，
你让事情有了转机。

晚安，你和世界。

歌曲：Muse《Unintended》

你的格格不入，
让你干净。

你挺好的，你很特别

与众不同的人们，
你们是不是有时会感到相当孤独，
因为那些融不进去的圈子？

有时候，像是冰块找到了一个冷藏箱，
以为找到了对的容器，
其实，那温度不合拍，
然后，冰块慢慢地在失望里融化。

圈子也是一样。

害怕被忽视，

想要硬融进一个圈子。
后来发现这样只会更加被人忽视，
索性自己一个人，
还挺酷的。

不必难过，真没什么。
把所有的格格不入当作是因为自己特别，
因为你真的很特别。

那些混乱的男女关系圈子，
邀你也变成那样，
你不去，所以被看作是格格不入。

那些诋毁别人的讨论，
邀你一起加把火力，
你觉得无聊，所以被看作是不合群的人。

那些关系比你更近的人，
出去玩不喊着你，用到你的时候才记得你，
你觉得心寒，但是你确实不属于他们。

…… ……

你挺好的，你很特别。
你自己就是一个圈子，
他人或许也想融入你。

你的独特让别人不知道自己怎么能够加入，
但是就会有和你一样，
同样是所谓不合群的人，
你们走到了一起。

你们一起去看展览，
而不是为了拍照才去。
你们一起去看资料馆的老电影，
而不是为了装高冷。
你们因为快乐而笑，
而不是因为附和。

你们不会做那些无聊大众才会做的事情，
你们在人群中孑然独立。

别伤心，
人和物品之间，
都具备一种吸引力。

物品可以分类，
人因为兴趣相吸。
不是你的不必在意，
黑暗中的唯一一束聚光灯最令人瞩目。

你的格格不入，
让你干净。

晚安，你和世界。

歌曲：To Be Frank《Somebody Like You》

不是我的菜，
我一口都不会
多吃。

哦，我认识他，他是我朋友

有一种关系叫，半生熟。
有一种朋友叫，阶段性朋友。

这很尴尬，
和星座、血型无关。

不是所有人见到陌生人都能打得火热，
当然很多的火热，
也都很假。

朋友，还是旧的好。
一个人完全接纳、信任另一个人，

是需要一个过程的。
这个过程需要彼此了解，互相体谅、包容。

现在已经分不清谁和谁是真好还是假好，
谁和谁到底有多熟。
见过一两面的人，很多人在跟其他人介绍的时候，也会说：
哦，这是我朋友。
甚至在互联网时代，没有见过面，
仅仅是聊一聊，加个微信也说，这是我朋友。
谁都认识，谁都说过一两句话，
那么朋友对他们的定义到底是什么呢？

这种关系，叫作半生熟。
说熟也不熟，说不熟也还比陌生人强点。
找你帮忙的时候，
平时不烧香，
用着你的时候都开始临时抱佛脚了。
你说这忙怎么帮？
这种尴尬的关系，
还不如陌生人。

阶段性朋友更可怕。

一般阶段性朋友的相识时间很短，
但在一个特定的阶段内，
你们两个觉得，
这个人就是会发展成我以后巨要好的朋友，
这个人我怎么早一点没遇见他？
结果过了这个阶段，
你们发现，
好像这个人也没那么好，
很多地方和自己不合适，
然后两个人又从熟悉回到陌生。
那段热络，
像是没有发生过，
也甚至，不如陌生人。

举个例子，
平时都没见过的刚认识的人，
或者关系一般的人，
会突然冒出来告诉你，
说能不能给他们拍个照，
以为拍个照是个很简单的事情。
前期化妆、服装造型，中期找景、找棚、打灯、反光板，后期去痘、磨皮、液化、调光、调色，
这简单吗？你又凭什么呢？我们，熟吗？

很多行业的很多人应该都遇到过这样的情况。

什么事情都没有你想的那么简单，
千万别不把别人当回事。

不过也不必太难过，
是你的终归是你的。

有点性格，拒绝假朋友。

不是我的菜，
我一口都不会多吃，一眼都不会多看。

晚安，你和世界。

歌曲：玉置浩二《Friend》

从来不想第一次相遇，和最后一次告别。

你再也找不到比我对你更好的人了

我爱你，而我更爱那段关系里的我自己。
我不恨你，我只是怀念那时候的我自己。
“你再也找不到比我对你更好的人了”，
这是爱里付出多的一方最后一句不甘且绝望的悼词。

小区里，一个五六岁的小男孩对后面的小女孩说：
你来追我啊。

小女孩说：
我不想追你，我想得到你的爱护。

你看，连小孩子都会懂的道理，

有些爱无能的他，也不会更明白。

若我是一个苹果，正中你头。
可我是一个椰子，所以绕着你走。

不问从何而来，也从不贪求更多。
你的样子在我脑海里是晴天，
阴雨的时候我就拿出来看看。
从来不想第一次相遇，和最后一次告别。
浪子在你这里尘埃落定。

旧人旧事，都在年轻的记忆里发光。
而你要活在当下。

晚安，你和世界。

歌曲：Yiruma《Love Me》

因为我没什么本事，所以只能对你好了。

想要见你，也要懂得止损

1.

爱一个人的表现在于，

看到长得帅的人的时候不会想这是我男朋友就好了，

而是会想这是我儿子就好了。

2.

人不能什么都有，相对来说这是安全的，

老天的公平出于保护。

一个人有才又能赚，那就让她长得不太好看；

有才能赚又美的，那就让她平胸腿粗；

没钱没才华的，那就赐一张好脸；

个子矮的，必定胸大。
看吧，你觉得自己什么都没有，
其实说不定你就比别人多出一个幸运。

3.
拥有一个宠爱自己的人真好啊，
他让我在通往衰老的路上回归一颗童心，
而这正是我想在这个污浊的世界里抓住的东西，
然而他却不紧不慢地帮你一点一点捡着，
然后爱怜地跟你说，去玩吧，不必担心。

4.
永远钟爱有才华的女孩，
美为才华加分，是个蠢货长得再美也没用。

5.
也想和你在平凡的日子里有点英雄梦，
你打开煤气点了根烟。

6.
交朋友也是有咸有淡，和拍照一样，
第一眼觉得不对的，以后也不会太合拍。

7.

“你走得再远，我也都很酷地活着呢。”

对不起，我刚刚撒了一个谎。

8.

瞄一眼就能看出来你是不是喜欢她，但是她不在乎。

9.

我不爱说话是因为你不爱闭嘴。

10.

社交恐惧，想在家里盖一个地球。

11.

很多人讽刺着你还羡慕着你，不搭理你还暗自和你较劲。

12.

心理暗示很重要。经常说我好美，好像就会变美。

那经常说你喜欢我，你会喜欢我吗？好像又不怎么管用了。

13.

在天亮之前我们可以做一个交易：让我爱你，然后你可以许一个愿望。

14.

你对我挺好的，你知道，像我这么孤独的人，差点就跟你走了。

15.

我有两种人格，白天和夜晚。

白天我可以听金属硬核，晚上听怀旧老歌。

我反差那么大，其实爱你或者不爱你，也是一瞬间的事。

16.

因为总是遇到不好的爱情，所以突然遇到一个对我特别好的人，我都会感到害怕。

17.

知道名字就算认识了，所以无所谓告诉我你是谁，只要能爱你就行了。

然而唯一尴尬的是，别人问你爱谁，你说我不认识他，我只是爱他。

盲目地爱而缺乏了解，是异常危险的冒险。

18.

我喜欢月球，因为有一面谁都看不见。

19.

我可能没有主题曲，我只是一个调子，想起我的时候，你能哼两句就行了。

20.

我的笑点一直都很怪，每个人都有各自的频率。找一个有相同频率笑点的人也是非常不容易。

21.

偷窥带给我安全感。

很多时候我都喜欢静静地偷窥一个人，那是属于自己的乐趣。一旦被发现，丧失了引以为傲的自主权，那么他也不是他，我也不是我了。

22.

因为我没什么本事，所以只能对你好了。

23.

岁月从法令纹里流出，来不及缝合，就流到脖子上。堵不住，流哪儿哪儿就开始变化。也跟不上，就索性摊开手等着。

24.

数到第七百六十八只羊的时候我醒了。

25.

噢，太热情也不是什么好事，需要保持距离，靠得越近，危险越大，离得也越远。

26.

我们努力追求不平凡，或许会失去许多平凡人的幸福。

爱和酒可以平复功利的人生，左脚踏出去，右脚收不回。

巧克力的滋味甜不过爱人的一句拌嘴，春天到了，你的一句话让我过了敏。

27.

那天去了你的城市。

没有见你，却看到了曾经和你在一起走在海边的我。

海洋性的季节气候，空气里带着一股咸湿气。

早晨六点零三分，我用手机软件叫了车，然后没有说一句话。这是一个会用导航的司机。后备厢的开启和行李箱的进入，几乎是同时发生的事情。而车里有不发一言的沉默，也有刚好的故事和固执。雨，向海里流，海，向天上流。路上有比我早起一小时的学生和灰蒙蒙的天，火车一一经过以城市名字命名的路，带着我皮肤的潮水声归家。

28.

我是最普通的弱智小姑娘，现在是，以后还是。

晚安，你和世界。

歌曲：米雅《Loving You》

我的感情是由我来
控制的，
而不是你。

在我最好的时光，我喜欢的人都不在身旁

在我最好的时光，
我喜欢的人都不在我的身旁。

很多人很喜欢某种东西，
但是不会去想要得到；
得不到的东西很美好，
遗憾拼凑出巨大的投影，
得不到的都叫偶像。

但有些人也会偏执地收集对方用过的东西，
抽过的烟头，
水杯上的唇印，
过期的指甲油，

摔碎的化妆品。

…… ……

一切的蛛丝马迹证明对方存在过。

我们很像，有时候我们拥有很多的能力，自由且骄傲，
但是唯独缺少爱的能力。

或者就像《重庆森林》里的王菲扮演的角色那样，
我喜欢你，与你无关。
你不能左右我，
因我的感情是由我来控制的，
而不是你。

在最好的年纪，
喜欢的人不属于自己，
属于自己的只有自己。

晚安，你和世界。

歌曲：Azure Ray《A Thousand Years》

你们有你们的热闹，我有我的孤独。

在无数的期待里，等你来

2006年，一颗卫星发射了，
那时候我还在上初中。

时间很有意思的地方在于，
在同一时间平面的个体，
做着不同的事情。
他们平行存在，
却又从不相识。
而最后，他们或许被时间绕着联系上彼此，
聊着当年我们在时空中的位置。

一切都像是冥冥安排，

你安静地生活着，
循着自己的轨迹，

那颗卫星带着使命，
带着发现者的骨灰，
也循着它的轨迹，
一步步地，
向一颗孤独的星球前进。

我们所能看到的影像，
按照光速计算，
或许是它亿万光年前的样子。

每个人都是孤独的星球，
循着自己的轨道，
曾经不被发现，
每天周而复始，
安静地在自己的黑暗里，
爆发，安息，
孤独地飘着。

像你我一样，
以为从来不被关注，

因为离热闹那么远，
一直看着别的星球，
感受太阳的光和热。

像你我一样，
按照时间的轨迹，
按照被控制的安排，
自娱自乐。

直到有一天，
有人带着期许，
专程为我而来，
穿过九年的时间，
只为看我一眼。

时间把爱自己的人熬成了骨灰，
而我还带着一颗心，
转动，寻找。

巨大的感情像黑洞一样，
让人静止在最动情的一刻，
如果能选择死亡的样子，
那一定是眼里有爱人倒影的样子。

你来了，又走了。
不会再有一个九年，
为看一个人一眼跋山涉水。
唯独不变的就是变化，
但纵使一切都在变化，
不变的是会带着那颗初心旋转。

我们几十亿的尘埃，
在宇宙的缝隙里飘着，
在时间里飘着。

那过往又算什么呢？
你们有你们的热闹，
我有我的孤独。
不见得热闹就是好，
冷清就是坏。

很容易满足。
万物迟早都要陨灭，
只要你留住了你靠近我时我的样子，
我的快乐就变得很简单。

在无尽的黑暗里，

等光来。

在无数的期待里，

等你来。

晚安，你和世界。

歌曲：The Best Pessimist《Dreamless》

你，

是最好的我。

你存在于每一个爱慕你的人心里

有很多人是只能用来远远看着的，

不能去了解他。

同时有很多个自己：

有想让别人看到的他，

有自己故意在特定人面前展现的他，

有文艺的他，

有暴躁的他，

有伟大的他，

也有自私的他……

很多时候，

遇到一个很对胃口的人，
没有见过他真实的样子，
关注了他也期待他的回馈。
当然，最好还是只是自己看着就好。
追人的人是自由的，
主动权在自己手上；
喜欢就关注你，
不喜欢就取消关注；
不需要你的回馈，
也没有负担。

然而一旦和这个人有了不同程度的接触，
你就会看到很多的他的样子：
他可能会很懒，
他也可能会很自恋，
他可能会很大男子主义，
他也有可能会见一个爱一个。

靠近一个人，
也同时靠近了他的缺点，
他的不安分。
他为你装扮的假想空间，
你会粉碎掉自己的立场，

远看着他，
从自己开始，
也从自己结束。

我喜欢你，
也和你没什么关系，
没有包袱，
清清爽爽。

让他成为偶像，
不要说话，
也不要去了解，
靠近了就不再完美。

保留你最好的样子，
我们之间只有干干净净的缄默和存在。

你在每个爱慕你的人心里，
都是唯一的，
不同的，
理想的，
干净的。

我喜欢的你的样子，
也可能就是自己想要变成的样子。

你，是最好的我。

曾想靠近你，
而靠近等同于远离。
所以你存在着，
但谁也不知道。

我情愿自己是安静无声的，
可是我怎么才能说出来呢？

晚安，你和世界。

歌曲：The Unbending Trees《You Are a Lover》

不为背影而哭，

不为所得而笑。

做一个冷血的人

第一次离开家是高中毕业时。

在高中门口的光荣榜上看到和自己重名的师姐，

考上了中国传媒大学。

所以暗自较劲说，

两年后我也可以。

两年后如愿以偿收到了“中传”的录取通知书，

那时候傻里傻气，

对学习外的一切都抱着未知的新鲜感，

恨不得赶紧离开家，

换个地方开始新的生活。

那时候家人送我来北京，
帮我准备好了一切。
我兴高采烈地接受着一切新的事物；
而家人在开车回家的路上，
回忆我长大的过程。
他们哭了。
因为第一次，我离他们那么远，
就像我要出嫁了一样。

那时候我不懂这些，
这四年时间，
我对家人的思念呈阶段式增长，
那时候毕业很多人出国留学，
而我一直以来都不想离他们再一次更远了。
只希望他们触手可及，
随时能够见到。

未来我们爱的很多人，
都将会是见一面少一面，
因此不想吝啬和他们的每一次拥抱。

而面对异地恋或者异国恋，
是第二次与所爱的人的长久分别，

但是与家人不同，
家人永远是你的。
而爱人，你不能确定他的归属，
脱离了家庭和责任的捆绑，
每个人都是自由人。
因此这种分别会更让人恐惧，
恐惧没有共同话题，
恐惧跟他走了家人怎么办，
恐惧我们各自都成为别人。

…… ……

人是孤独的，
为什么还害怕分别，
从寂静中来到寂静中去。

因为无所依附，
所以对依附有更强烈的依赖。

在不久的日子里，
我们都成为隐藏爱恨隐藏悲喜的冷血动物。
在相聚的酒会上，
说说笑笑喝酒吃肉，

提起往昔也只够红一次眼睛。
理智让所经历的一切，
都被一个电影字幕一样的“几年后”轻描淡写，
却是冷暖自知。

在离别的一刻成为一个冷血的人，
不为背影而哭，不为所得而笑，
不为失去而忐忑。

…… ……

这不可能，
我做不到。

我愿珍藏这些记忆片段里产生的情绪，
在我一个人的时候，
给孤独下酒。

晚安，你和世界。

歌曲：Tom Waits《If I Have To Go》

我的快乐很简单，

而你都不在。

而我们只能听由时间安排

如果不是天天记录，

就不会知道每天都是晴天，

所以还有什么可不开心的呢？

太阳尽力散热，

而我只想一头钻进海里，

可惜我不会游泳。

为这样矛盾的自己而开心，

我的快乐很简单。

曾经记得某个离别前的夜晚，

我们围坐在亮度不太高的床头灯前，

讨论着将来可能会出现的一切情况，
讨论着我们怎么能够缩短时间，
怎么能够缩短路程。
当我过去和他过来都成了不可能的难事，
我们只能默默地听由时间安排，
说着最敷衍的一句，
顺其自然。

所以那么不可避免的桥段，
也总不情不愿地像誓言一样意味深远。

我们遇见一个人，
然后慢慢去了解这个人，
最后他起身，
在我们最动情时离开。

而我的快乐仍然简单着。

冰镇西瓜入口的清冽，
暴晒后的空调房。
走累了搭上的顺风车，
不晚点的飞机。
修完的照片，

鼻涕要掉下来的时候的纸巾。
买了新衣服，
吃了美味的食物，
回家看到家人，
猫来蹭我的腿，
不同人的肯定，
看到海的眼睛，
安排好的旅行。

…… ……

我的快乐很简单，
而你都不在。

晚安，你和世界。

歌曲：Villagers《Dawning On Me》

现实残酷是事实，
也是懦弱的人畏缩
的借口。

坚持做自己喜欢的事情，总有一天别人会看到你

会怀疑自己的选择吗？
譬如，在做成一件事之前，
只有黑暗的压抑和闭塞。

你慢慢地爬过那幽深的隧道，
却一直看不见光。
开始的时候干劲十足，
奋力向前爬，
爬到中段开始怀疑自己，
怀疑这样做到底还有没有意义。
而到最后，
很多人在没有看到光亮的时候，

就选择放弃，
死在梦想的管道里。

其实尽头有遮挡物遮住光亮，
这种障眼法让人心碎。
现实残酷是事实，
也是懦弱的人畏缩的借口。

每个人的路的长短不尽相同，
看着别人一个个比自己成功得要快，
其实看不到别人的路更曲折。
打碎了牙咽到肚子里，
日子久了人就会变得坚硬。

没有电的时候不着急给自己充电，
放松一下，
身体会用得更久。

连感情也是有使用寿命的，
更何况是身体。

别人的不幸大家一般都不会记得太清楚，
而自己的痛苦会显得格外痛。

活着会做很多的错事，
有很多时刻都错得很无意。

谨慎之人也会有失手之日，
断了很多路从而有了新的路，
或许当时那一刻感觉天都塌了毫无解决办法，
而现在看来像是在讲别人的一段故事。
生不带来，死不带去，
有的只是在人间的一段遗憾。

所以啊，坚持。

坚持做自己喜欢的事，
总有一天别人会看到你。

晚安，你和世界。

歌曲：Johnny Aries《I'm a Dreamer》

你的样子，

就是家的样子。

某些难以言说的事物

某些事物难以言说。
话筒掉下，悬在电话线上，
拨不出去的号码，厌恶的嘟嘟声，
鱼跳出固定居所让阳光暴晒，
水在手心里慢慢蒸发。
而你，传染给我爱这种病。

爱是想要触碰却收回的手，
也是深陷感情里不死的心。

可能是爱情片看多了，我很憧憬婚礼的样子。
我能想到的最美的契约，就是和你在一起。

我曾经憧憬过婚礼的现场，憧憬自己穿着婚纱出现在你面前的样子。你可能惊艳我从未如此美丽，你甚至会哭，拥抱我，亲吻我。我们的婚礼可能是在教堂，可能是回各自的家乡，甚至是在海上或者湖边。

但是只要是你为我戴上戒指，
就能够让我兴奋好几个晚上。

爱情之所以为爱情，
是因为可以接受彼此最糟糕的一面。
你化妆的样子，你涂睫毛膏的样子，
都是我最爱的样子。

但是我更爱你在家里穿着睡衣，
在阳台给花浇水的样子。
屋子里放着我们喜欢的音乐，有阳光，
有带着清香味道的内衣，
猫咪在你挑选的坐垫上面安静地睡觉。

而你赤脚走在地毯上，
屋子里都是生活的气味，
你睡眼惺忪但是走进厨房打开燃气，
水壶里冒着白色的蒸汽。

我们也会争吵，就像大多数情侣一样。
而真正的爱情是，让争吵变成一种交流方式，
成为爱情的一部分。
我管你叫自大的浑蛋，
你管我叫难搞的女人。
在爱情里，和你争吵都是充满甜蜜的互动。

我们在爱里彼此包容和成长。
爱情让我们的心里变得平静和踏实。
影子是光的妻子。
它们相爱却不迎合，也不因为相爱而改变自己或对方。
它们相互占有，无法分离。

不知道你是不是这样，我是一个特别注重仪式的人。
我认为正式的事情，绝对不能糊弄，
所以仪式感很重要。
而更多是因为对此特别在乎。

我们都很喜欢王家卫的电影，
因此我们一起去了香港看重庆大厦；
我们都爱穿黑色的衣服，你的衣橱就是我的衣橱；
我们都喜欢冰岛，喜欢摇滚乐，所以我们要一起去我们想去的地方旅行。
我们用相同味道的香水，戴同一副眼镜，

爱情让曾经孤独的我们变成了一个人。

你说在你最好的日子里，我们遇到对方，
有风有阳光，空气与你同在。
我庆幸遇到你，我们拥有相同的语言。
我也庆幸我们彼此已经不再需要语言。

闭着眼睛摸你的脸，记住你的样子。
而你刚剃了胡须，有淡淡的胡楂。
你把我的手背放在你的胡楂上，
让我知道你不再是一个没有责任心的男孩子。

你在耳边告诉我：
“你的样了，就是家的样子。”

没错啊。
你是我的一台“湿枕机器”，
也是我背后可靠的拥抱。

晚安，你和世界。

歌曲：Chuck Berry《You Never Can Tell》

你们之间的爱情空间也需要好好打扫一下了。

我可能需要一支新鲜剂

每个人可能都会经历这样的爱情。

刚开始在一起的时候，你愿意为对方付出一切。
他的一颦一笑都牵动着你的心，
天冷了生怕他冻着，出门都会多带一件衣服。
雨天会问他带没带雨伞，没带我去接你。
一日三餐会问他有没有按时吃，看见他喜欢的东西会买给他作为惊喜。

恋爱的开始不管是男孩还是女孩，都会时刻想着彼此。
也都注意着自己的形象，甚至开始对自己各个地方吹毛求疵。
因为要和她约会，所以一定要好好刮胡子，穿着干净有男人味。
女孩们也开始在意自己的小细节，
怎么办昨天熬夜了有了很重的黑眼圈，不能让他看出来；

怎么办穿短袖会看见副乳啊，怎么突然觉得自己身材那么差；
怎么办最近皮肤好差，他会不会嫌弃我、不喜欢我了。

在爱情刚开始的时候，
每个人都觉得自己身上缺点特别多，
生怕一个不小心他就跟别人跑了，
所以总是有一些自卑。
但是一旦在一起有些日子了，
恋人之间就开始变得肆无忌惮了。

去他自己居住的家里把鞋子一脱，包包一撂，
衣服随便地甩在沙发上，
顺手就拿起一包薯片蹲坐在他的电脑前打开来吃，
无所谓自己的吃相，无所谓自己的样子，
头发凌乱也不在乎。

而后可能会发展到，嗷，不就是见他嘛，
老夫老妻了根本不需要收拾，脸不洗头也不用洗，
反正他是我的，跑不了。
可是很多人觉得日子久了爱情就变得旧了，
变得没曾经那么光鲜了。

幸福的一方在展览爱情时，
必然有一方是在暗处舔伤口的。

日子越久，有的时候矛盾累积得越多。
因为太了解彼此，
所以很多事情都去想当然地不去解释，
任凭对方误解。

怎样？反正我们绑定了，无所谓。
而这时候很多横生枝节的感情就会乘虚而入了。

不是你们不相爱了，
而是时间太久了，爱不动了。
机器运转久了都需要加油，
你们之间的爱情空间也需要好好打扫一下了。

人和物件是一样的，跟着你风风雨雨，承载着厚重的感情。
你的另一半也一样，容忍你的坏脾气，但是自己也变得伤痕累累。

给两个人的关系制造一些新鲜感，试试看。
当那些拂去尘埃的旧爱变成初见时的样子，
你看到的是什么呢？

晚安，你和世界。

歌曲：Jocelyn Pook / Russian Red《Loving Strangers》

你自己一个人，
还是挺酷的。

一个人挺好，两个人也不算坏

没有刻意觉得需要两个人，
自己一个人挺好的，
只能说两个人也不算坏。

有人有很多朋友，遇到什么事的时候都会出现；
有人也有很多朋友，但是仍然喜欢独自旅行。
我认识一个女孩，很酷。
她在一个城市赚够了钱就上路，
一直活在路上，
然后再去另一个城市赚钱，
她没有男朋友，也从来不矫情，
见她最多的样子就是一个人抽烟，不说话，

你看见了她，她也只是笑一笑，不会和你深聊，
但是每句话都能让你觉得很有意思。

那时候问她，你为什么不和朋友一起出去旅行？
她说：“麻烦。不愿意麻烦别人，也不愿意麻烦自己。”
她也会跟人讲起自己在路上的见闻，一些当地人带给她的小道消息。
活得真实自在，不会和别人长篇大论，
之前见过很多人，也是旅行过很多地方，但是他会向世界宣告自己有多牛，走过哪里，认识了多少朋友，全世界都是他的朋友。
说实话，我不太喜欢这种人，毕竟旅行见闻自己心知肚明，只要不吹，说该说的就行了。

你今天喜欢空姐，明天可以喜欢街头某个酷女孩，
一个人很容易因为另一个人而改变自己，
而那个人也很容易喜欢其他的口味，
你永远不能为了适应一个人的口味而去改变自己。
因为你永远跟不上一个人的变化和喜好，
而你不管怎么变成他喜欢的样子，
你在他的喜好里都是慢一拍的，是落后的，是卑微的。
我觉得《重庆森林》里王菲挺好的，我喜欢你和你无关。
别人喜欢你，是喜欢你这个人，你什么样子都是好的，
你在两个人里，是占主动权的。

我每天都能在公众号后台收到上千条的留言，
还有很多的邮件，
他们向我讲述他们的故事，
其中有一个男孩，他喜欢上了一个已婚的女人，
他知道那是不对的，
但是感情这种事情，无法用理智去调配。
而那女人也只是把他当作婚姻里无聊的调味剂，
男孩很好，他对她全心全意。
但是他最后还是选择全身而退，换了号码，换了城市。
让那女人再也找不到他，他也开始新的生活。

我觉得这很棒。
不与无结果的、低劣的爱情打交道，
那或许也不叫爱情，叫占有，
很多人都有这种占有欲，
这是一种自以为是的好感，害人害己。

女人最大的误会是，
她以为那是爱情，而对他而言只不过是调戏。
这对男人也同样适用。
甜蜜的回忆，无法长期滋养一个人。

所以那些留言里，很多受情伤的人，

有人会把自己经历的痛楚施加在新人身上，
比如曾经男朋友或者女朋友对自己不好，从此便不敢再爱。
我觉得这有些矫情了，为什么要折磨无辜的人呢？

一个人不算坏，两个人只能更好。
但是谁又能保证两个人在一起久了、腻了、同床异梦了，
不怀念一个人自由自在的日子呢？

我们总觊觎着未获得的，
却不知已获得的不留意也会成为泥淖，
将无知的自己陷进不珍惜的后悔里。

不希望看见痛苦的你，
想看见洒脱的你。
毕竟在成为爱情的尿包前，
你自己一个人，还是挺酷的。

晚安，你和世界。

歌曲：Iggy Pop《Les Feuilles Mortes》

经历你在经历的，
触碰你所触碰的。

走你走过的路，爱你爱过的我

不出门的时候，我会和我的猫咪一起窝在家里。
猫咪喜欢宅在家里是因为黏人，然而我宅在家里是为了谁呢？

曾经有段时间我特别爱坐晚上的公交车，夜车上面没有多少人，一路从传媒大学开到天安门，也是初秋，听着歌吹着风看着灯光拉成条，感觉整条长安街都是我的。
是我喜欢的天气的感觉，有风，凉凉的，把一整个燥热的夏天都拂去，告诉我，白色的季节要来了。
简直完美，雨天和电影最配。
然而此刻很容易进入感情脆弱的状态，很容易矫情也很容易想起一个人。

整个城市的节奏都变慢了，
就为想念腾出空了。

陈冠蒨的歌里说：该说的话，就在最多情的时候，却欲言又止。
我躺在床上，留在看完电影的无尽空间中。
因为想你而占据的时间，需要一些来自外界的新鲜事来让我充实，
需要有趣的新闻来抵挡住细微敏感的想念神经元。

一个宅女不去想念一个人的自我修养就是让有趣的信息塞满脑子，翻个身，拿出手机，点开那些手机上的资讯类软件，看到一篇文章叫《爱情不合时宜了吗？》，讲解了一些艺术性很高的小众电影里的爱情。里面的一条评论让我驻足：你在深秋，给我春光。你在黑夜，给我太阳。你在乱世，给我希望。

即使不在乱世，这纷扰的世间，你也是我的希望啊。

下雨的声音丝丝入扣，安静的时刻，想你的心像电影一样在你我的故事里循环跳动播放。
于是我又点开了另一栏往下浏览了两条，是九张埃及的风光，再往下是冰岛的。
一个你爱的城市，一个我爱的城市。

在想念的气氛下，一切新闻都能与你扯上关系。

你的相伴已深入生活，所以目之所及的颜色，都被你涂鸦过。
有很多东西，你走之后，从我们一起看，变成我一个人看。
而我也知道你也在时差那头看着啊，我羡慕你手机软件里的新闻，它们比我离你更近，比我更懂你。

这世界上能和你沾边的一切都在向我炫耀。
而我在没有你的日子里，
看你看过的新闻，了解你了解过的冷知识，
走你走过的路，爱你爱过的我。

我经历你在经历的，触碰你所触碰的，
在下雨的日子，把空白填满。

我们不在一起，却谈论共同的话题，看相同的东西，听同一场雨声，或许只有这时候，才是我们靠得最近的一次。

晚安，你和世界。

歌曲：Anoice《Cat In The Rain》

一个人吃面，

而且还在下雨，

真是完美。

老板，结账

下雨天的时候人很容易发呆。

比如我兜里揣着十块钱在楼下的馆子里吃烩面，发现原来面只要七块钱，而我还能用剩下的钱买一包奶喝。
数了数碗里的肉片，一、二、三，虽然数学不好但是也未免太简单了。

我留了一片在碗里，假装自己吃得很少的样子。

馆子里人不算多，也不算少，陆陆续续有人进出，保持着屋内人数的平衡。每一桌说的话的内容，我其实都可以听见。
旁边一对年轻的夫妻刚从父母那里接孩子回家，孩子吃着炸鸡、薯条，父母和我一样在吃烩面。
再旁边的那一桌是KTV的陪酒女和一个中年男子，你一句我一句地聊着。
另一桌的两个男人在抽烟，应该是“中南海点八”，味道很冲。
而我在靠落地玻璃窗的一桌。

大家都听得到别人在说什么，
大家仍然都还在聊着。
无所谓别人知道什么小秘密，毕竟吃完这顿饭，说什么都记不得了。

吃第三口面的时候外面的外卖小哥的雨衣开了，他匆忙地停下电动车整理雨衣。
呷了一口汤，雨下得更大了，窗外男人把女人紧紧地搂在怀里打着伞用大衣裹紧。
挑出了几片幸运的小香菜，一个穿着两只过膝雨靴的女孩牵着一只穿着四只过膝雨靴的狗笨拙地走过。
加了点辣椒和醋，过了一辆飞驰的车，水溅到了一个提着西瓜的行人，他破口大骂。
擦了擦嘴，中年男子和陪酒女走了。

我还是坐在玻璃窗前吃着面发呆。

很喜欢一个人吃面。
而且还在下雨，真是完美。

一个人吃饭的时候囫囵吞下也能尝出味道，因为是一个人，所以注意力集中。很多感官的感知能力也增强了许多，你可以很轻易看到和听到周围的很多声音。

北京就这样变冷了，从夏天到秋天只要一场雨。
终于到了不看腿不看胸只看脸的季节了。
我格外喜欢春秋两季的北京，特别美好。

吃一碗面我会用很多张纸。
不，应该说我吃什么都特别浪费纸。
但是我确实不记得我擦了那么多次嘴。
可能是太辣了？

很多习惯和小时候比发生了巨大的变化，小时候我不那么浪费纸的，小时候也不太爱哭。
小时候不爱喝酸奶，我现在每天都不能缺少酸奶。
小时候很瘦，喜欢吃青少年宫里的羊肉串，玩套圈，我套得很准。
现在也不是说不喜欢了，只能说都变了吧，没那个味道了，有些东西也消失了。

很多人也都变化了很多，还是那张脸，那个人，但是你就是不太认识了。
高乐高现在都被美禄取代了，华华丹无花果也都换了包装，不太有人买了，毕竟那些用油漆在玻璃上写着零食两个字的小卖部也早都不在了。那时候窗棂是木头的，小卖部真的是卖小东西的，奇奇怪怪的小食品又脏又好吃。
20世纪90年代的哪里都很美好，北京也格外美好，看电影《独自等待》就知道，那时候可能是北京文艺氛围最好的时候。

这时候老板过来问我还加醋吗，不加就收了。
我说你收了吧，我吃完了。
老板从他腰包里找给我三块钱。
顺便把那些用过的纸收走了。

现在我面前只有一个空碗，汤上飘着一片肉，不知道他为什么没有收。

我拿起伞出了面馆开始往家走，雨还是很大的，很凉。
三块钱买了一包核桃奶，一分都不留。
快到楼下了，迎着路灯找钥匙。
眼前突然掉下一个什么东西。

哦，是一只在炙热路灯上扑腾的蛾，
被 大滴雨水砸在了地上。

晚安，你和世界。

歌曲：Arco《Perfect World》

（全书完）

图书在版编目（CIP）数据

阿司匹林博物馆/赵越著．—长沙：湖南文艺出版社，2017.1
ISBN 978-7-5404-7860-5

Ⅰ．①阿…　Ⅱ．①赵…　Ⅲ．①散文集—中国—当代 Ⅳ．①I267

中国版本图书馆CIP数据核字（2016）第278405号

上架建议：畅销书·文学

ASIPILIN BOWUGUAN
阿司匹林博物馆

作　　者：赵　越
出 版 人：曾赛丰
责任编辑：薛　健　刘诗哲
监　　制：蔡明菲　潘　良
策划编辑：李彩萍
特约编辑：刘　筝
营销编辑：张锦涵　李　群
封面设计：林　丽
版式设计：张丽娜
出版发行：湖南文艺出版社
（长沙市雨花区东二环一段508号　邮编：410014）
网　　址：www.hnwy.net
印　　刷：北京嘉业印刷厂
经　　销：新华书店
开　　本：880mm × 1270mm　1/32
字　　数：186千字
印　　张：11
版　　次：2017年1月第1版
印　　次：2017年1月第1次印刷
书　　号：ISBN 978-7-5404-7860-5
定　　价：39.80元

质量监督电话：010-59096394
团购电话：010-59320018